DIESES BUCH GEHÖRT:

Die drei ???

Die drei ???
und das Gespensterschloss
erzählt von Robert Arthur

KOSMOS

Umschlagillustration von Andreas Ruch, Düsseldorf
Umschlaggestaltung von der Peter Schmidt Group, Hamburg,
auf der Grundlage der Gestaltung von Aiga Rasch (9. Juli 1941–24. Dezember 2009)

Aus dem Amerikanischen übersetzt von Leonore Puschert
Titel der Originalausgabe: »Alfred Hitchcock and The Three Investigators in
The Secret of Terror Castle«

Unser gesamtes lieferbares Programm und
viele weitere Informationen zu unseren Büchern,
Spielen, Experimentierkästen, Autoren
und Aktivitäten findest du unter **kosmos.de**

Gedruckt auf Cradle to Cradle Certified™ Munken Papier

Leicht veränderte Neuausgabe

© 1968, 2009, 2014, 2021, Franckh-Kosmos Verlags-GmbH & Co. KG,
Pfizerstraße 5–7, 70184 Stuttgart
Alle Rechte vorbehalten
Mit freundlicher Genehmigung der Universität Michigan

ISBN 978-3-440-17171-4
Produktion und Satz: DOPPELPUNKT, Stuttgart
Druck und Bindung: CPI books GmbH, Leck
Printed in Germany / Imprimé en Allemagne

Die drei ???
und das Gespensterschloss

Die drei Detektive	10
Besuch mit Hintergedanken	20
Man spricht vom Gespensterschloss	33
Besuch im Gespensterschloss	42
Echo aus dem Jenseits	50
Spuk am Telefon?	56
In der Falle!	64
Der Mann mit der Narbe	73
Gespenster, Gespenster	81
Ein folgenschwerer Fehltritt	89
Die Warnung der Wahrsagerin	97
Das blaue Phantom	104
Das Geheimzeichen	119
Ein Geist und ein Spiegel	126
Nebel des Grauens	132
Im Verlies	142
Dem Fragezeichen auf der Spur	151
Interview mit einem Gespenst	163
Auf gute Zusammenarbeit!	178

Zur Beachtung: Die folgenden einführenden Worte verpflichten den Leser in keiner Weise, ihnen Beachtung zu schenken.
Albert Hitfield

Mit den besten Empfehlungen ...
Ständig scheine ich etwas zu empfehlen oder vorzustellen: Fernsehsendungen, Filme und Bücher voller Geheimnis, Spuk und Spannung, damit meine Freunde etwas zum Gruseln haben. Diesmal nun stelle ich drei Jungen vor, die sich »Die drei Detektive« oder »Die drei ???« nennen, in einem goldbeschlagenen Rolls-Royce umherkutschieren und allen möglichen Geheimnissen, Rätseln und dunklen Zusammenhängen auf der Spur sind. Reichlich sonderbar, nicht wahr?

Ehrlich gesagt: Ich wollte mit diesen drei Bengeln erst gar nichts zu schaffen haben. Aber voreilig gab ich meine Zusage, ihre Sache zu vertreten, und dazu stehe ich – auch wenn man mir dieses Versprechen mittels einer Erpressung reinsten Wassers abgerungen hat (doch davon später).

Kommen wir zum Thema. Diese Jungen, die drei Detektive, sind Bob Andrews, Peter Shaw und Justus Jonas. Alle drei wohnen in Rocky Beach, einem Städtchen an der Pazifikküste, nicht weit von Hollywood.

Bob Andrews, klein und drahtig, ist gewissermaßen Verstandesmensch, doch nicht ohne einen Hang zum Abenteuer. Peter Shaw ist ziemlich groß und kräftig gebaut. Justus Jonas ist – nun, meine persönliche Meinung über Justus Jonas möchte ich zunächst für mich behalten. Ihr sollt Euch selbst ein Bild von ihm machen, während ihr die Geschichte lest, ich will mich einfach an die Tatsachen halten. Aus diesem Grund bezeichne ich Justus mit dem gleichen Wort wie seine Freunde: stämmig. Als kleines Kind hieß er nur »Dickerchen« und erntete allgemeine Heiterkeit, wenn er stolperte und hinpurzelte. Seit dieser Zeit hat er eine tiefe Abneigung dagegen, ausgelacht zu werden. Damit man ihn endlich ernst nahm, stopfte er sich wie besessen mit Wissen voll. Sobald er lesen konnte, las er alles, was ihm in die Finger kam: Naturwissenschaften, Technik, Psychologie, Kriminologie und vieles andere. Da er ein gutes Gedächtnis hat, blieb vieles von dem Gelesenen haften, sodass die Lehrer es vorzogen, im Unterricht nicht mit ihm über Sachfragen zu diskutieren: Zu oft mussten sie sich von ihm belehren lassen.

Wenn euch Justus Jonas nun schon ziemlich unausstehlich vorkommt, so kann ich euch nur beipflichten. Zwar sagt man, er habe viele gute Freunde, doch über den Geschmack von Jugendlichen lässt sich bekanntermaßen streiten.

Nun könnte ich noch vieles über Justus und die beiden anderen Jungen berichten. Ich könnte euch erzählen, wie Justus ein Preisausschreiben gewann und seither in dem goldblinkenden Wagen fahren darf. Ich könnte erzählen, wie er im Städtchen für sein Talent berühmt wurde, Verlorenes wiederzufinden – unter anderem entlaufene Haustiere. Ich könnte ... Aber ich finde, ich habe meiner Pflicht genügt und mein Versprechen eingelöst. Mag die Geschichte beginnen! Zu meinem Privatvergnügen (das habe ich mir vom Verfasser des Berichts ausgebeten) werde ich euch beim Lesen durch versteckte Fingerzeige Gelegenheit geben, die drei Detektive in ihrem Vorgehen zu überprüfen oder – warum nicht? – zu überrunden. Doch *ihr werdet von mir höchstens eine Nasenlänge Vorsprung bekommen (das haben sich der Verfasser und die drei Detektive ihrerseits ausgebeten) – der Rest ist eure Sache!*

Nun, seid ihr mir bis hierher gefolgt? Dann seid ihr sicherlich noch erleichterter als ich, wenn dieses Geleitwort hiermit zu Ende ist.

Albert Hitfield

Die drei Detektive

Bob Andrews stellte sein Fahrrad vor dem Haus seiner Eltern in Rocky Beach ab und ging hinein. Als die Haustür ins Schloss fiel, rief seine Mutter von der Küche her: »Robert? Bist du das?« »Ja, Mama.« Bob kam an die Küchentür. Seine Mutter, braunhaarig und schlank, war gerade beim Kuchenbacken.

»Wie war's in der Bücherei?«

»Wie immer«, sagte Bob. Aufregend war die Sache schließlich noch nie gewesen. Er half stundenweise in der Bücherei aus, sortierte zurückgegebene Bücher, stellte sie ins Regal und ordnete neue Bände nach Sachgebieten.

»Dein Freund Justus hat angerufen.« Die Mutter rollte den Kuchenteig auf dem Backbrett aus. »Ich soll dir etwas ausrichten.«

»Etwas ausrichten?«, rief Bob plötzlich aufgeregt. »Was denn?«

»Ich hab's mir aufgeschrieben – der Zettel ist in meiner Tasche. Wenn ich mit dem Teig fertig bin, kann ich ihn dir zeigen.«

»Weißt du nicht auswendig, was er wollte? Vielleicht braucht er mich!«

»Eine gewöhnliche Mitteilung könnte ich schon behalten«, antwortete seine Mutter, »aber Mitteilungen von Justus sind nie gewöhnlich. Es war etwas Merkwürdiges.«

»Justus drückt sich gern merkwürdig aus.« Bob zwang sich, ruhig zu bleiben. »Er hat unheimlich viel gelesen. Manchmal kann man ihm nicht gleich folgen.«

»Nicht nur manchmal«, entgegnete die Mutter. »Er ist überhaupt ein sonderbarer Junge.«

»Ich würde sagen: Er ist uns allen über«, erklärte Bob. »Mama, kannst du nicht jetzt den Zettel rausholen?«

»Gleich«, sagte Mrs Andrews und rollte den Teig noch dünner aus. »Übrigens, was stand da gestern in der Zeitung – von einem Luxusauto, in dem Justus einen Monat lang fahren darf?«

»Das war ein Preisausschreiben von einer Mietwagenfirma«, erklärte Bob. »Sie stellten in einem Schaufenster einen großen Topf mit Bohnen aus. Wer möglichst genau erraten konnte, wie viele Bohnen drin waren, sollte den Rolls-Royce mit Chauffeur dreißig Tage lang bekommen. Justus rechnete drei Tage lang, bis er heraushatte, welchen Rauminhalt so ein Topf hat und wie viele Bohnen darin Platz haben. Und damit hatte er gewonnen. – Mama, bitte, kann ich jetzt den Zettel haben?«

»Na schön.« Bobs Mutter wischte sich das Mehl von den Händen. »Aber was fängt Justus bloß mit einem Rolls-Royce und einem Chauffeur an, und wenn's auch nur für dreißig Tage ist?«

»Ja, weißt du, das haben wir uns so gedacht –«, fing Bob an, aber seine Mutter hörte schon nicht mehr zu.

»Was man heutzutage nicht alles gewinnen kann!«, sagte sie. »Kürzlich las ich von einer Frau, die bei einem Wettbewerb im Fernsehen eine Motorjacht gewonnen hat. Sie lebt in den Bergen und wird bestimmt noch verrückt, weil sie nichts damit anfangen kann.« Während sie redete, zog sie ein Stück Papier aus der Tasche. »Hier ist deine Nachricht«, sagte sie. »Sie lautet: ›Grünes Tor, Römisch Eins. Die Maschine läuft.‹«

»Mensch! Danke, Mama«, rief Bob und war schon beinahe draußen, als die Mutter ihn zurückrief.

»Robert, was um Himmels willen bedeutet das? Hat Justus die Nachricht irgendwie chiffriert?«

»Gar nicht, Mama. Der Text ist ganz klar und eindeutig. Du, ich hab's eilig.«

Bob stürzte aus der Tür, schwang sich auf sein Rad und fuhr los, zum »Gebrauchtwarencenter T. Jonas«.

Beim Radfahren behinderte ihn der Gips an seinem Bein kaum noch. Er hatte sich den »Orden« verdient, wie es Dr. Altman nannte, als er törichterweise ganz allein einen der Berge von Rocky Beach erklimmen wollte. Rocky Beach liegt in einer Ebene, begrenzt vom Meer auf der einen und einer Bergkette auf der anderen Seite. »Berge« ist ein wenig zu hoch gegriffen, aber Hügel von recht ansehnlicher Größe sind es schon. Bob war den Abhang fast zweihundert Meter hinuntergerollt und hatte ein Bein mehrfach gebrochen – ein neuer Rekord, wie man ihm im Krankenhaus bescheinigte. Dr. Altman sagte aber, irgendwann werde der Gips abgenommen, und dann werde Bob gar nicht mehr daran denken. Obwohl der Gips manchmal lästig war, fühlte sich Bob die meiste Zeit kaum behindert. Als Bob die Innenstadt hinter sich gelassen hatte, war es nicht mehr weit bis zum »Gebrauchtwarencenter T. Jonas«. Einst hatte die Firma »Schrotthandel Jonas« geheißen, bis Justus seinen Onkel davon überzeugt hatte, dass der Name geändert werden müsse. Jetzt gab es dort außer Schrott und Altmaterial mancherlei Ausgefallenes, und die Leute kamen von weit her, wenn sie etwas brauchten, was anderswo nicht aufzutreiben war.

Für einen Jungen war das Warenlager ein Paradies. Schon der Bretterzaun, der das Anwesen umgrenzte, verriet dessen ungewöhnlichen Charakter. Titus Jonas hatte den Zaun mit billig eingehandelter Farbe kunterbunt gestrichen. Ein paar ortsansässige Künstler hatten ihm dabei geholfen, denn Mr Jonas schenkte ihnen häufig Material, das sie gebrauchen konnten.

Die ganze Front war mit Bäumen, Blumen, grünen Teichen und Schwänen bemalt, und auch eine Meerlandschaft war zu sehen. Auf den Seiten prangten wieder andere Bilder. Sicherlich war es das farbenfroheste Altwarenlager weit und breit.

Bob fuhr am Haupteingang vorbei, der aus den gewaltigen Eisentoren eines abgebrannten Gutshofs bestand. Fast hundert Meter weiter, bei der Ecke, wo der Zaun einen grünen Ozean und eine hilflos im tosenden Sturm tanzende Zweimastbarke zeigte, hielt er an und stieg ab. Hier waren die beiden grünen Planken, die Just zu einem privaten Eingang umgebaut hatte –

Grünes Tor I. Bob drückte auf das Auge eines Fisches, der aus den Wogen das sinkende Schiff betrachtete, und die Bretter schwangen zur Seite.

Bob schob sein Rad durch und schloss das Tor. Nun war er im Lagerhof, in der Ecke, die sich Justus als Freiluft-Werkstatt eingerichtet hatte.

Sie lag im Freien, wenn man von einem vielleicht zwei Meter breiten Dach absah, das fast durchgehend an der Innenseite des Zauns umlief. Unter diesem Dach lagerte Mr Jonas den besseren Trödelkram.

Als Bob eintrat, saß Justus Jonas in einem alten Schaukelstuhl und knetete mit den Fingern seine Unterlippe – ein sicheres Zeichen dafür, dass sein Verstand auf Hochtouren arbeitete. Peter Shaw stand an der kleinen Druckmaschine, die als Schrott hier gelandet und von Justus mit viel Mühe wieder repariert worden war.

Die Maschine stampfte im Takt. Peter, ein großer dunkelhaariger Junge, schob weiße Karten ein. Das war der Sinn von Justs Nachricht gewesen: Die Druckmaschine arbeitete, und er bat Bob, durch das Grüne Tor I zum Treffpunkt zu kommen.

Aus dem Teil des Grundstücks, wo das Büro lag, konnten die Jungen nicht gesehen werden – insbesondere nicht von Tante Mathilda, einer wohlbeleibten Dame, die eigentlich der Motor des Geschäfts war.

Sie hatte ein weites Herz und war unendlich gutmütig, aber wenn ihr ein Junge unter die Augen kam, so kannte sie nur eines: ran an die Arbeit mit ihm!

Als Akt der Selbstverteidigung hatte Justus das gestapelte Altmaterial nach und nach so umgeschichtet, dass es seine Werkstatt den Blicken entzog. Seither war er dort mit seinen Freunden ungestört, wenn er nicht seinem Onkel oder seiner Tante wirklich zur Hand gehen musste.

Als Bob sein Fahrrad abgestellt hatte, hielt Peter die Maschine an und reichte ihm eine der gedruckten Karten. »Sieh dir das an!«, sagte er.

Es war eine großformatige Visitenkarte. Darauf stand:

»Donnerwetter!«, sagte Bob anerkennend. »Das hat wirklich Pfiff. Dann willst du also loslegen, Just?«

»Wir haben schon immer davon gesprochen, ein Detektivbüro zu eröffnen«, sagte Just. »Und mein Gewinn – ein großer Wagen dreißig Tage und Nächte zur freien Verfügung – setzt uns alle in die glückliche Lage, dem Geheimnis nachzuspüren, wo es uns begegnet. Mindestens für eine begrenzte Zeit. Darum wollen wir den Start wagen. Wir nennen uns ab sofort ›Die drei Detektive‹. Als Erster Detektiv übernehme ich die Strategie. Peter, Zweiter Detektiv, wird für alle Aufgaben eingesetzt, die körperliche Kraft und Geschicklichkeit erfordern. Da du, Bob, beim Beschatten von Verdächtigen oder beim Zäune-Überklettern zurzeit etwas behindert wärst, kommt es dir zu, die nötigen Nachforschungen in unseren Fällen zu betreiben. Außerdem wirst du über unsere gesamte Tätigkeit die Akten führen.«

»In Ordnung«, meinte Bob dazu. »Bei meinem Job in der Bücherei komme ich leicht an interessantes Material heran.«

»Neuzeitliche Ermittlungsverfahren erfordern eingehendes Recherchieren«, sagte Justus noch. »Aber warum beäugst du unsere Karte so sonderbar? Darf ich fragen, was dich daran stört?«

»Na ja, die Fragezeichen«, gab Bob zu: »Was soll das eigentlich?«

»Auf die Frage habe ich gewartet«, sagte Peter. »Just meinte, du würdest bestimmt fragen. Und jeder andere auch, sagte er.«

»Das Fragezeichen«, erläuterte Just, »ist das universelle Symbol des Unbekannten. Wir sind bereit, Rätsel, Geheimnisse und Verwicklungen aller Art zu lösen, sofern man uns damit betraut. Daher soll das Fragezeichen unser Gütezeichen sein. Drei Fragezeichen bedeuten immer: Die drei Detektive!«

Bob dachte, Justus sei am Ende, aber er hätte es besser wissen sollen. Justus kam jetzt erst richtig in Fahrt.

»Und überdies«, sagte er, »werden die Fragezeichen Interesse wecken. Die Leute werden fragen, was sie zu bedeuten haben – genau wie du. Man wird uns daran erkennen. Sie werden kräftig für uns werben. Jedes Unternehmen braucht Werbung, um Kunden zu gewinnen.«

»Großartig«, sagte Bob und legte die Karte auf den Stapel zurück, der bereits gedruckt war. »Und wenn wir nun noch einen Fall zu bearbeiten hätten, würde unser Geschäft florieren.«

Peter sah bedeutungsvoll drein. »Bob«, sagte er, »wir haben einen Fall!«

»Einspruch«, unterbrach Justus. Er richtete sich auf, und sein Ausdruck wurde konzentriert. Das sonst eher runde Gesicht erschien länger, er sah älter aus. Mit seiner stämmigen Statur wirkte Justus leicht dicklich, wenn er sich nicht gerade hielt.

»Bedauerlicherweise«, erklärte er, »ist noch ein kleines Hindernis zu verzeichnen. Es gibt zwar einen Fall für uns – und ich glaube bestimmt, dass wir ihn leicht lösen können –, aber man hat uns noch nicht eingeschaltet.«

»Um was geht es denn?«, fragte Bob begierig.

»Albert Hitfield sucht für seinen nächsten Film ein Haus, in dem es spukt«, sagte Peter. »Mein Vater hat es im Studio gehört.« Mr Shaw war Trick-Experte bei einer der Filmgesellschaften in Hollywood, nicht weit von Rocky Beach jenseits der Berge.

»Ein Spukhaus!« Bob runzelte die Stirn. »Wieso ist ein Spukhaus ein Fall für uns?«

»Wir können ja das Haus untersuchen und feststellen, ob es wirklich darin spukt oder nicht. Das wäre Werbung für uns und würde den drei Detektiven zum Start verhelfen.«

»Nur hat Mr Hitfield uns nicht darum gebeten, für ihn Spukhäuser zu erforschen«, sagte Bob. »Das meinst du wohl mit dem kleinen Hindernis?«

»Wir müssten ihn eben dazu bewegen, unsere Dienste in Anspruch zu nehmen«, sagte Just. »Das wäre der erste Schritt.«

»Klar«, stimmte Bob in sarkastischem Ton zu. »Was ist schließlich dabei, wenn wir bei einem berühmten Filmproduzenten anklopfen und sagen: ›Sie wollten uns sprechen, Sir?‹«

»Ganz so lässt es sich wohl nicht anstellen, aber im Prinzip ist das die richtige Idee«, meinte Just. »Ich habe Mr Hitfield schon wegen eines Termins angerufen.«

»Wirklich?«, fragte Peter und sah ebenso überrascht aus wie Bob. »Und er sagte, wir könnten kommen?«

»Nein«, räumte Just ein. »Seine Sekretärin ließ mich gar nicht mit ihm reden.«

»Kann man sich vorstellen«, sagte Peter.

»Sie sagte sogar, sie würde uns festnehmen lassen, wenn wir ihm zu nahe kämen«, setzte Just hinzu. »Albert Hitfields Sekretärin ist nämlich zurzeit ein Mädchen, das hier in Rocky Beach zur Schule ging. Sie war ein paar Klassen über uns, aber ihr kennt sie bestimmt noch. Henrietta Larson.«

»Henrietta, der Feldwebel!«, rief Peter. »Und ob ich die noch kenne!«

»Die hielt doch immer zu den Paukern und schikanierte die Jüngeren«, ergänzte Bob. »So eine vergisst man nicht. Wenn Henrietta Larson Mr Hitfields Sekretärin ist, stocken wir besser auf. Drei Tiger kämen an der nicht vorbei!«

»Hindernisse«, erwiderte Just, »machen das Leben erst interessant. Morgen früh fahren wir alle in unserem feinen Leihwagen nach Hollywood und statten Mr Hitfield einen Besuch ab.«

»Und Henrietta schickt uns die Polizei auf den Hals!«, rief Bob aufgeregt. »Überhaupt habe ich morgen den ganzen Tag in der Bücherei zu tun.«

»Dann fahren Peter und ich allein. Ich rufe die Autovermietung an und sage Bescheid, dass ich den Wagen ab morgen zehn Uhr brauche. Und du, Bob«, fuhr Justus fort, »kannst, wenn du morgen schon in der Bücherei bist, im Zeitschriftenarchiv nach Material fahnden – hier!«

Er schrieb »Gespensterschloss« auf die Rückseite einer der Visitenkarten und reichte sie Bob. Der las und schluckte.

»Na schön, Just«, sagte er. »Wenn du meinst.«

»Die drei Detektive sind nun im Einsatz«, verkündete Justus befriedigt. »Einen Vorrat unserer Karten solltet ihr immer bei euch haben – als Empfehlung. Und morgen ist jeder auf seinem Posten, komme, was wolle.«

Besuch mit Hintergedanken

Am nächsten Morgen warteten Peter und Justus schon lange vor Ankunft des Rolls-Royce am großen eisernen Tor zum »Gebrauchtwarencenter T. Jonas«. Sie trugen ihre Sonntagsanzüge, weiße Hemden und Krawatten, die Haare klebten ordentlich am Kopf, und die Gesichter glühten unter der Sonnenbräune. Die Hände waren so unbarmherzig mit der Bürste geschrubbt worden, dass auch sie vor Sauberkeit leuchteten.

Als aber das große Auto endlich kam, überstrahlte sein Glanz alles. Es war ein Rolls-Royce älteren Baujahrs mit riesigen runden Scheinwerfern und einer ungewöhnlich lang gestreckten Kühlerhaube. Die Karosserie war eckig und kastenförmig. Doch alle Zierleisten und sogar die Stoßstangen waren vergoldet und blinkten wie Geschmeide. Der hochglänzende schwarze Lack spiegelte buchstäblich.

»Na so was«, sagte Peter ehrfürchtig, als der Wagen auf sie zurollte. »Der sieht ja aus, als wenn er einem hundert Jahre alten Multimillionär gehörte.«

»Der Rolls-Royce ist der teuerste Serienwagen der Welt«, erklärte Justus. »Das Modell wurde ursprünglich für einen reichen arabischen Scheich mit großem Hang zum Luxus gebaut. Jetzt setzt ihn die Firma hauptsächlich als Werbemittel ein.«

Der Wagen hielt, und der Fahrer schwang sich hinter dem Lenkrad hervor. Er war ein schlanker, aber muskulöser Mann, fast zwei Meter groß, mit langem, gutmütigem Gesicht. Er nahm die Dienstmütze ab und wandte sich an Justus. »Mr Jonas?«, fragte er. »Ich bin der Chauffeur, Morton.«

»Hm – guten Tag, Mr Morton«, sagte Justus. »Aber nennen Sie mich ruhig Justus.«

»Bitte, junger Herr –« Morton sah ganz betrübt drein. »Sie müssen mich einfach Morton nennen, das gehört sich so. Und es gehört sich auch, dass ich meine Dienstherrschaft anrede, wie es dem guten Ton entspricht. Sie sind ja nun meine Herrschaft, und ich möchte die Form wahren.«

»Na ja, dann eben Morton«, sagte Justus. »Wenn es sich so gehört.«

»Besten Dank, junger Herr. Der Wagen und ich stehen für dreißig Tage zu Ihren Diensten.«

»Dreißig Tage und Nächte«, sagte Justus. »So hieß es in den Wettbewerbsbedingungen.«

»Sehr wohl, junger Herr.« Morton öffnete die Tür zu den Rücksitzen. »Darf ich bitten?«

»Danke schön«, sagte Justus, als er mit Peter einstieg. »Aber Sie sollten uns nicht die Tür aufmachen. Dafür sind wir noch nicht alt genug.«

»Wenn Sie gestatten«, erwiderte Morton, »so würde ich es vorziehen, meinen Dienst in der gewohnten Weise zu versehen. Sonst komme ich möglicherweise aus der Übung.«

»Das leuchtet ein.« Justus dachte darüber nach, als Morton seinen Platz hinter dem Lenkrad einnahm. »Aber wir müssen vielleicht mal ganz rasch ein- oder aussteigen, Morton. Dann können wir nicht auf Sie warten. Könnten wir nicht zwischendurch allein ein- und aussteigen, und Sie helfen uns nur am Beginn und Ende jeder Fahrt?«

»Sehr wohl, junger Herr.« Im Rückspiegel konnten sie den wohlerzogenen Fahrer lächeln sehen. »Ein ausgezeichneter Vorschlag.«

»Und wir sind sicherlich auch nicht so würdevoll wie die Herrschaften, die Sie sonst fahren«, vertraute Justus ihm an. »Wir haben manchmal etwas ausgefallene Ziele … Hier, das erklärt es vielleicht besser.«

Er reichte Morton eine der Visitenkarten, die der Fahrer ernsthaft studierte. »Ich verstehe, junger Herr«, sagte er dann. »Ich bin von diesem Einsatz sehr angetan. Es ist doch eine Abwechslung, einmal junge, abenteuerlustige Leute zu fahren. Meine Fahrgäste waren in letzter Zeit meist recht bejahrt und vorsichtig. Und unser erstes Ziel, bitte?«

Peter und Justus hatten bereits begonnen, den Fahrer ungemein sympathisch zu finden.

»Wir möchten zum Universum-Studio in Hollywood, zu Albert Hitfield«, sagte Justus. »Ich – hm – ich hatte ihn gestern angerufen.«

»Sehr wohl, die Herren.« Im nächsten Augenblick brauste der Luxuswagen die Landstraße entlang, die über die Berge nach Hollywood führte. Morton sagte über die Schulter: »Ich mache darauf aufmerksam, dass der Wagen mit Telefon und Erfrischungsfach ausgestattet ist. Beides steht zu Ihrer Verfügung.«

»Danke sehr«, sagte Justus. Er benahm sich bereits so würdevoll, wie es einem solchen Gefährt wohl anstand. Er öffnete ein Einbaufach und nahm einen Telefonapparat heraus – vergoldet wie die Zierleisten am Wagen. Es gab keine Wählscheibe, man musste nur auf einen Knopf drücken.

»Funktelefon«, erklärte Justus seinem Freund. »Man drückt auf den Knopf und nennt dem Amt die gewünschte Nummer. Ich glaube aber, wir brauchen es jetzt noch nicht.« Mit leisem Bedauern stellte Justus den Apparat wieder an seinen Platz und lehnte sich in die Lederpolster zurück.

Die Fahrt verlief angenehm, aber ereignislos. Bald kamen sie durch die Geschäftsstraßen von Hollywood. Als sie sich ihrem Ziel näherten, begann Peter unbehaglich auf seinem Sitz umherzurutschen.

»Just«, sagte er, »hast du eigentlich eine Idee, wie wir in das Studio hineinkommen sollen? Du weißt doch, dass alle Studios hinter Mauern liegen und dass die Eingänge bewacht werden, damit Leute wie wir draußen bleiben. Wir schaffen es sicher nie!«

»Ich habe meinen Plan«, sagte Justus. »Hoffen wir, dass er funktioniert. Anscheinend sind wir da.«

Sie fuhren an einer hohen Betonmauer vorbei, die sich zwei Häuserblocks entlangzog. Auf einem Schild über der Mauer stand »Universum-Studio«. Die Mauer diente nur einem Zweck: Eindringlinge fernzuhalten – wie Peter gesagt hatte.

In der Mitte war ein hohes Eisentor, es stand offen. Ein Mann in Uniform saß in einem Glashäuschen neben dem Eingang. Morton lenkte den Wagen in die Einfahrt, und der Wachtposten sprang auf. »He! Augenblick mal!«, schrie er. »Wo wollen Sie hin?«

»Wir möchten zu Mr Albert Hitfield.«

»Haben Sie einen Durchlassschein?«, wollte der Posten wissen.

»Wir hatten nicht angenommen, dass wir einen Durchlassschein brauchen würden«, gab Morton zur Antwort. »Der junge Herr hatte Mr Hitfield angerufen.«

Das war völlig richtig – auch wenn Mr Hitfield nicht zu sprechen gewesen war.

»Oh.« Der Mann kratzte sich unschlüssig am Kopf. Justus kurbelte sein Fenster herunter und lehnte sich hinaus.

»Guter Mann«, sagte er, und Peter war starr vor Staunen, denn Justus sprach so gepflegt und gewählt, wie er es bei ihm noch niemals gehört hatte – sicher hatte Justus heimlich geübt.

»Guter Mann, was hemmt unseren Fortgang?«

»Au Backe«, flüsterte Peter vor sich hin. Er wusste, dass Justus schon als Kind in Theateraufführungen mitgewirkt hatte und ein begabter Imitator war, aber in dieser Rolle hatte Peter seinen Freund noch nicht erlebt.

Justus hatte die Backen aufgeblasen und die Lippen vorgestülpt – eine zweite Ausgabe von Albert Hitfield! Ein ziemlich dreister Albert Hitfield zwar, aber unverkennbar ähnlich.

»Oh – ich muss wissen, wer Mr Hitfield aufsucht«, sagte der Wachtposten nervös.

»Lassen Sie es gut sein.« Justus streifte ihn nochmals mit einem überlegenen Blick. »Ich werde wohl besser daran tun, meinen Onkel anzurufen.«

Er nahm das goldene Telefon hervor, drückte auf den Knopf und nannte eine Nummer. Es war die Nummer vom »Gebrauchtwarencenter T. Jonas«: Justus rief tatsächlich seinen Onkel an.

Der Posten musterte nochmals das erstaunliche Gefährt und Justus Jonas, der an einem goldenen Apparat telefonierte.

»Bitte sehr, fahren Sie nur durch«, sagte er beflissen. »Ich werde Bescheid geben, dass Sie da sind.«

»Danke sehr«, sagte Justus. »Nur zu, Morton.«

Der Wagen fuhr weiter. Justus lehnte sich zurück, als sie in eine schmale Straße einbogen, rechts und links von Palmen auf grünem Rasen gesäumt. Dahinter standen dicht gedrängt Dutzende hübscher kleiner Bungalows. In der Ferne sah man die Kuppeldächer der großen Studios, wo Filme und Fernsehspiele gedreht wurden. Kostümierte Schauspieler strömten in eines der Gebäude.

Obwohl der Wagen jetzt auf dem Studiogelände war, konnte sich Peter nicht vorstellen, wie sein Freund bis zu Albert Hitfield vordringen wollte. Doch es blieb ihm wenig Zeit zum

Grübeln, denn Morton bremste bereits vor einer großen Villa. Wie in vielen Studios hatte auch hier jeder Produzent ein eigenes Haus, wo er ungestört arbeiten konnte. Auf einem schön gemalten Schild stand: ALBERT HITFIELD.

»Warten Sie hier, Morton«, sagte Justus, als der Fahrer die Tür öffnete. »Ich weiß noch nicht, wie lange es dauern wird.«

»Sehr wohl, die Herrschaften.«

Just ging voraus, eine Stufe hinauf und durch eine Glastür in den Empfangsraum mit Klimaanlage. Eine blonde junge Dame hinter einem Schreibtisch legte gerade den Telefonhörer auf.

Peter fiel es schwer, in dieser Dame Henrietta Larson wiederzuerkennen, aber als sie den Mund auftat, wusste er, wen er vor sich hatte.

»Aha!« Henrietta stemmte die Hände in die Hüften und musterte Justus Jonas. »Ihr wagt es, hier zu erscheinen! Mr Hitfields Neffen zu spielen! Na, wir werden ja sehen, wie lange die Studiopolizei braucht, euch an die Luft zu setzen.«

Peter fühlte all seinen Mut schwinden, als sie wieder zum Telefon griff.

»Warten Sie!«, sagte Justus.

»Warten – worauf denn?«, fragte Henrietta Larson zornig. »Du schleichst dich hier ein und erzählst der Wache, du seist Mr Hitfields Neffe –«

»Das stimmt nicht«, verteidigte Peter seinen Partner. »Der Posten kam ganz von selbst auf die Idee.«

»Halt du dich hier raus«, warnte Henrietta. »Justus Jonas ist ein öffentliches Ärgernis, und ich werde dafür sorgen, dass man ihm das Handwerk legt.«

Sie beugte sich wieder über das Telefon. Justus erhob die Stimme zum zweiten Mal. »Blinder Eifer schadet nur, Miss Larson«, sagte er, und Peter zuckte zusammen. Justus war erneut in jene äußerst gepflegte Ausdrucksweise verfallen und hatte in Sekundenschnelle das Bild heraufbeschworen, das den Torwächter so beeindruckt hatte – das Bild eines ganz jungen Albert Hitfield.

»Ich bin überzeugt, dass diese meine schauspielerische Darbietung Mr Hitfields Interesse finden würde«, schloss Justus. Henrietta Larson, die gerade aufblickte, ließ den Telefonhörer fallen, als habe er ihr einen elektrischen Schlag versetzt.

»Oh, du«, fing sie an. »Du –« Einen Augenblick lang rang sie nach Worten. Dann wurde sie wütend. »Aber gewiss, Justus Jonas, ich möchte schwören, dass Mr Hitfield sich diese Darbietung ansehen will!«

»Hm ... Miss Larson?«

Die beiden Jungen wandten sich rasch um, als eine Stimme unerwartet hinter ihnen laut wurde. Auch Henrietta schien betroffen. Im Türrahmen zum Büro stand Albert Hitfield – persönlich.

»Ist etwas passiert, Miss Larson?«, fragte Mr Hitfield. »Ich hatte nach Ihnen geklingelt.«

»Bitte entscheiden Sie selbst, ob etwas passiert ist, Mr Hitfield«, sagte Henrietta. »Dieser junge Mann hier will Ihnen etwas zeigen, das Sie ganz bestimmt sehr interessieren wird.«

»Bedaure«, sagte Albert Hitfield. »Ich kann heute niemanden empfangen. Schicken Sie ihn weg.«

»Ich bin sicher, dass Sie sich das gern ansehen würden, Mr Hitfield«, sagte Henrietta Larson. Ihr Ton gefiel Peter überhaupt nicht. Mr Hitfield hatte auch etwas gemerkt, denn er sah die beiden Jungen fragend an und zuckte dann die Achseln.

»Nun gut. Kommt mit mir, ihr Burschen.«

Er drehte sich um und schritt auf einen Schreibtisch zu, der ungefähr so groß wie ein Tennisplatz war. Dort ließ er sich in einem Drehstuhl nieder. Justus und Peter standen ihm gegenüber, Henrietta schloss die Verbindungstür.

»Na, Jungs«, sagte Mr Hitfield, »was sollte ich mir ansehen? Ich habe aber nur fünf Minuten Zeit für euch.«

»Das hier möchten wir Ihnen gern zeigen, Sir«, sagte Justus respektvoll und zog eine Karte der drei Detektive hervor. Peter merkte, dass Justus nach einem strategischen Plan vorging, den er sich vorher zurechtgelegt hatte. Anscheinend funktionierte der Plan auch. Mr Hitfield nahm die Karte entgegen und las sie aufmerksam.

»Hmm«, sagte er. »Ihr seid also Detektive. Darf ich fragen, was die Fragezeichen bedeuten? Stehen sie für Zweifel an euren eigenen Fähigkeiten?«

»Nein, Sir«, antwortete Justus. »Sie sind unser Markenzeichen. Sie symbolisieren offene Fragen und ungelöste Rätsel. Außerdem machen sie die Leute neugierig und tragen dazu bei, dass man sich an uns erinnert.«

»Aha.« Mr Hitfield hüstelte. »Ihr seid auf Werbung aus.«

»Ein Geschäft bringt nichts ein, wenn niemand es kennt«, sagte Justus.

»Das steht außer Frage«, stimmte Albert Hitfield zu. »Apropos Geschäft: Was führt euch zu mir?«

»Wir wollen für Sie ein Spukhaus suchen, Sir.«

»Ein Spukhaus?« Albert Hitfield hob die Augenbrauen. »Warum glaubt ihr, ich brauchte ein Spukhaus?«

»Wir haben erfahren, dass Sie für Ihren nächsten Gruselfilm ein echtes Spukhaus suchen, Sir«, sagte Justus. »Die drei Detektive möchten Ihnen bei diesem Vorhaben behilflich sein.«

Albert Hitfield lachte in sich hinein. »Zwei Leute sind eben jetzt auf der Suche nach einem geeigneten Haus«, sagte er. »Sie sind schon weit herumgekommen – es gibt nicht allzu viele Orte mit übernatürlichen Bewohnern. Doch ich glaube bestimmt, dass sie das richtige Haus für meine Zwecke finden werden.«

»Aber wenn wir dieses Haus hier in der Nähe für Sie finden könnten, wären die Dreharbeiten für Sie viel einfacher«, gab Justus zu bedenken.

»Ich bedaure, mein Junge, aber darauf kann ich nicht eingehen.«

»Wir wollen kein Geld, Sir«, sagte Justus. »Aber alle berühmten Detektive lassen ihre Fälle in Romanen beschreiben: Sherlock Holmes, Ellery Queen, Hercule Poirot – sie alle. Ich bin zu dem Schluss gekommen, dass ihnen dies erst ihren Ruhm eingebracht hat. Damit wir bei denen bekannt werden, die vielleicht einmal die Dienste der drei Detektive in Anspruch nehmen möchten, wird der Vater von Bob – Bob ist unser dritter Mitarbeiter – über unsere Fälle in Büchern berichten. Er arbeitet bei einer Zeitung.«

»Und?« Albert Hitfield sah auf die Uhr.

»Und da dachten wir, Mr Hitfield, ob Sie nicht unseren ersten Fall unter Ihrem Namen herausbringen könnten –«

»Völlig ausgeschlossen. Bitte sagt Miss Larson, sie möchte hereinkommen, wenn ihr geht.«

»Jawohl, Sir.« Justus sah ganz niedergeschlagen aus, als er sich mit Peter zum Gehen wandte. Sie waren schon fast an der Tür, als Albert Hitfield noch etwas sagte.

»Einen Augenblick, ihr beiden.«

»Bitte, Sir?« Sie drehten sich um. Mr Hitfield sah sie stirnrunzelnd an.

»Ich glaube, dass ihr nicht ganz aufrichtig wart. Was war es denn, das ich nach Miss Larsons Ansicht unbedingt sehen sollte? Doch kaum eure Karte?«

»Es ist so –«, begann Justus zögernd, »ich kann andere Leute gut imitieren. Miss Larson dachte, Sie würden sich dafür interessieren, wie ich Sie als Jungen darstelle.«

»Mich – als Jungen?« In der Stimme des berühmten Mannes grollte es, seine Züge verfinsterten sich. »Wie meinst du das, bitte?«

»So, Sir.« Wieder schien sich Justus' Gesichtsform völlig zu verändern. Seine Stimmlage wurde tiefer, er sprach mit blasiertem Akzent. Er war ein anderer Mensch.

»Ich könnte mir denken, Sir«, sagte er in ganz fremdem Tonfall, »dass Sie irgendwann sich selbst als Junge in einem Film auftreten lassen wollen, und für diesen Fall –«

Mr Hitfield hatte die Brauen zusammengezogen. Sein Gesicht lief vor Unmut rot an. »Fürchterlich!«, sagte er. »Hör auf damit – sofort!«

Justus wurde wieder er selbst. »Finden Sie nicht, dass ich Sie gut getroffen habe?«, fragte er. »Ich meine, Sie in meinem Alter?«

»Niemals. Ein aufgeweckter, aufrechter Bursche war ich – auf keinen Fall so wie diese plumpe Karikatur, die du mir da vorgesetzt hast!«

»Dann werde ich wohl noch etwas üben müssen«, seufzte Justus. »Meine Freunde sagen immer, es sei recht gut.«

»Ich verbitte mir das!«, donnerte Albert Hitfield. »Ich verbitte mir das ausdrücklich! Versprich mir, dieses Schaustück niemals wieder aufzuführen, und ich … zum Kuckuck, ich werde ein Vorwort für euer Buch schreiben.«

»Vielen Dank, Sir!«, sagte Justus. »Dann wünschen Sie also, dass wir uns um ein Spukhaus für Sie bemühen?«

»Ja, ja – meinetwegen. Ich kann euch nicht versprechen, dass ich davon Gebrauch mache, wenn ihr eines finden solltet, aber sucht nur mal. Und seht zu, dass ihr verschwindet, ehe ich den letzten Rest meiner Selbstbeherrschung verliere. Für Burschen wie dich sehe ich ganz schwarz, Justus Jonas. Du bist einfach zu schlau, junger Mann, und das kann kein gutes Ende nehmen.«

Justus und Peter liefen schleunigst hinaus zum Wagen, und Albert Hitfield blieb in düsteren Gedanken zurück.

Wen wundert das? Ich fand mich an die Wand gedrückt, überrumpelt, an der Nase herumgeführt. Diese »drei Detektive« hatten sich viel zu gründlich mit mir beschäftigt (ah, welch garstige, rohe Karikatur!). Was bleibt mir anderes übrig, als mich mit ihnen zu beschäftigen?

Man spricht vom Gespensterschloss

Es war spätnachmittags. Keuchend schob Bob Andrews sein Fahrrad den Weg zum Grünen Tor I entlang. Ausgerechnet jetzt ein Plattfuß!

Er stellte das Rad auf dem Hof ab. Drüben beim Büro hörte er Mrs Jonas' Stimme, sie gab Patrick und Kenneth, den beiden Helfern ihres Mannes, Anweisungen. Justus und Peter aber waren nicht in der Werkstatt.

Bob hatte damit gerechnet. Er trat hinter die kleine Druckmaschine und schob ein altes Stück Eisengitter zur Seite, das wie zufällig gegen eine Werkbank gelehnt war. Dahinter lag ein weites, langes Rohrstück. Bob schlüpfte in die Öffnung hinein, zerrte das Gitter hinter sich wieder an seinen Platz und kroch in der Röhre vorwärts, so schnell er es mit seinem Gips schaffte. Das war Tunnel II, einer von mehreren Geheimgängen, die in das Hauptquartier der Jungen führten. Der Gang endete an einer Holzplatte. Bob drückte dagegen, sie ließ sich zur Seite schwenken, und er war am Ziel.

Die »Zentrale« war ein fast zehn Meter langer Campinganhänger, den Titus Jonas vor einem Jahr gebraucht erstanden hatte. Er war bei einem Unfall stark beschädigt worden und fand keinen Käufer mehr, weil die Wände zu sehr verbeult waren. Der Onkel hatte Justus deshalb erlaubt, den Wagen als eine Art Büro zu benutzen.

Im Laufe der Monate hatten die drei Jungen mithilfe von Patrick und Kenneth allmählich ganze Berge von Altmaterial um den Wagen aufgeschichtet. Von außen war er jetzt überhaupt nicht mehr zu sehen – ein Stapel Eisenstangen, eine verbogene Feuerleiter, ein Haufen Bauholz und anderes verbargen ihn. Mr Jonas hatte anscheinend ganz vergessen, dass er noch da stand. Und außer den Jungen wusste niemand, dass der nun so sicher versteckte Wagen als Büro, Labor und Dunkelkammer eingerichtet war und dass mehrere geheime Zugänge zu ihm führten.

Als Bob am anderen Ende der Röhre herauskrabbelte, sah er Justus in seinem eigenhändig reparierten Drehstuhl hinter dem Schreibtisch sitzen, der bei einem Brand an einer Seite angesengt worden war. (Die ganze Einrichtung der Zentrale bestand aus solch altem Zeug, das die Jungen für ihre Zwecke hergerichtet hatten.) Peter Shaw saß Justus am Schreibtisch gegenüber.

»Du kommst spät«, sagte Justus. Als ob Bob das nicht selbst gewusst hätte!

»Ich hatte einen Platten.« Bob war noch ganz außer Atem. »Vor der Bücherei bin ich in einen großen Nagel gefahren.«

»Hast du etwas herausgefunden?«

»Aber sicher. Ich habe über das Gespensterschloss mehr gefunden, als mir lieb ist.«

»Gespensterschloss!«, rief Peter. »Der Name gefällt mir nicht.«

»Abwarten, es kommt noch besser«, sagte Bob. »Da war mal eine fünfköpfige Familie, die dort eine Nacht zubringen wollte, aber sie wurden niemals –«

»Fang vorne an«, forderte Justus energisch. »Bitte erzähl alles der Reihe nach.«

»Na schön.« Bob öffnete einen großen braunen Umschlag, den er mitgebracht hatte. »Aber zuerst möchte ich euch doch sagen, dass Skinny Norris mir den ganzen Morgen auf den Fersen war und in allem rumschnüffeln wollte.«

»Du hast doch diesen blöden Kerl hoffentlich nichts merken lassen?«, rief Peter. »Der steckt seine Nase sowieso in alles.«

»Erzählt habe ich ihm natürlich nichts. Aber er ließ sich einfach nicht abschütteln. Als ich vor der Bücherei ankam, hielt er mich auf und wollte über den Wagen quatschen, den Justus jetzt dreißig Tage lang fahren darf. Er wollte wissen, wozu Justus ihn wohl benutzen würde.«

»Skinny ist ganz einfach neidisch«, sagte Justus. »Er hat gerade als Erster in seiner Klasse den Führerschein gemacht, und da kommen wir mit Chauffeur an.«

»Mag sein. Als ich dann in der Bücherei an meiner Arbeit

saß«, fuhr Bob mit gerunzelter Stirn fort, »sah er mir die ganze Zeit zu, wie ich die alten Illustrierten und Zeitungen heraussuchte, um das Material für dich zu sammeln, Justus. Ich ließ ihn nicht sehen, was ich las, aber –«

»Aber?«, fragte der Erste Detektiv.

»Du weißt doch, unsere Karte, auf die du ›Gespensterschloss‹ geschrieben hattest, als du mich darum gebeten hast, alles darüber nachzulesen ...«

»Ich nehme an, du hast sie zur Seite gelegt, ehe du im Katalog nachschlagen wolltest, und danach war sie verschwunden?«, sagte Justus.

Bob riss die Augen auf. »Woher weißt du das?«

»Du hättest nicht von der Karte angefangen, wenn du sie nicht vermissen würdest«, erklärte Justus. »Und der Ort, wo man so etwas am leichtesten aus den Augen verliert, ist der Katalogtisch.«

»Na ja, so war es«, sagte Bob. »Ich glaube, ich ließ die Karte auf dem Tisch liegen. Ob Skinny Norris sie nahm, kann ich nicht behaupten, aber als er wegging, sah er höchst zufrieden aus.«

»Mit Skinny Norris können wir uns jetzt nicht befassen«, meinte Justus. »Wir haben einen interessanten Fall, den wir weiter bearbeiten müssen. Erzähl uns, was du herausbekommen hast.«

»Klar.« Bob entnahm dem Umschlag ein paar beschriebene Blätter. »Fangen wir an«, sagte er. »Das Gespensterschloss liegt am Hang über einer engen Schlucht in den Bergen von Hollywood, dem ›Schwarzen Canyon‹. Das Haus hieß ursprünglich Schloss Terrill, es war von einem Filmschauspieler namens Stephan Terrill erbaut worden. Das war ein berühmter Star aus der Stummfilmzeit. Er spielte vor allem in Gruselfilmen – über Vampire, Werwölfe und solches Zeug. Sein Haus baute er nach dem Vorbild eines Spukschlosses aus einem seiner Filme. Ausgestattet war es mit alten Ritterrüstungen, ägyptischen Mumiensärgen und anderen unheimlichen Kulissen aus den Filmen, in denen Terrill früher aufgetreten war.«

»Äußerst reizvoll«, kommentierte Justus.

»Für deinen Geschmack vielleicht!« Peter war entsetzt. »Und was wurde aus diesem Stephan Terrill?«

»Kommt gleich«, sagte Bob. »Stephan Terrill war weltbekannt als der ›Mann mit den tausend Gesichtern‹. Dann wurde der Tonfilm erfunden, und es kam heraus, dass Terrill eine hohe Fistelstimme hatte und mit der Zunge anstieß.«

»Herrlich!«, meinte Peter. »Das quieksende Ungeheuer. Das muss doch zum Schreien komisch gewesen sein.«

»War es auch. Und Stephan Terrill musste das Filmen aufgeben. Er kündigte seinem Dienstpersonal, und er schickte auch seinen besten Freund weg – seinen Manager, einen gewissen Jonathan Rex. Und schließlich beantwortete er nicht einmal mehr seine Post und ging auch nicht ans Telefon. Er sperrte sich da oben in seinem Schloss ein und wurde schwermütig. Allmählich vergaßen ihn die Leute.

Eines Tages entdeckte man ein Autowrack, etwa vierzig Kilometer nördlich von Hollywood. Der Wagen war von der

Straße abgekommen und über eine Klippe gestürzt – bis dicht ans Meeresufer.«

»So – und was hat das mit Stephan Terrill zu tun?«, unterbrach Peter.

»Die Polizei fand heraus, dass es sich um Terrills Wagen handelte«, erklärte Bob. »Seine Leiche blieb verschwunden, aber das wunderte niemand. Die Flut hatte sie wohl weggespült.«

»Toll!« Peter sah nachdenklich aus. »Glaubst du, dass er mit Absicht über die Klippe gefahren war?«

»Das weiß man nicht sicher«, antwortete Bob. »Aber als die Polizei zum Schwarzen Canyon kam, um sich das Schloss näher anzusehen, stand das Tor weit offen, und kein Mensch war in der Nähe. Bei der Hausdurchsuchung fanden sie in der Bibliothek einen Zettel, darauf stand –«, Bob sah in seinen Notizen nach: »›Lebend wird mich die Welt nicht wiedersehen, aber mein Geist wird dieses Haus niemals verlassen. Ein Fluch soll für ewige Zeiten auf dem Schloss lasten.‹ Unterschrieben war er mit ›Stephan Terrill‹.«

»Nein, mein Lieber«, rief Peter. »Je mehr ich von der Sache höre, umso weniger gefällt mir das alles.«

»Im Gegenteil«, erklärte Justus. »Es wird ja immer spannender. Weiter, Bob!«

»Na, und die Polizei leuchtete in alle Ecken und Winkel des alten Gemäuers, aber sie fanden außer diesem Zettel keine Spur mehr von Stephan Terrill. Es stellte sich heraus, dass er eine Menge Bankschulden hatte – er hatte eine Hypothek aufgenommen. Die Bank schickte ein paar Leute, die Stephan Terrills Wertsachen abholen sollten, aber die Männer wurden im Inneren des Hauses ganz merkwürdig nervös – warum, das konnten sie sich selbst nicht erklären – und lehnten es schließlich ab, den Auftrag zu erledigen. Sie sagten noch, sie hätten sehr seltsame Dinge gesehen und gehört, aber klar ausdrücken konnten sie sich anscheinend nicht. Schließlich versuchte die Bank, das Schloss so, wie es dastand, zu verkaufen, aber es fand sich niemand, der darin wohnen, geschweige denn es kaufen wollte. Jeder, der das Haus betrat, spürte nach kurzer Zeit ein unerträgliches Unbehagen. Ein Häusermakler wollte einmal die ganze Nacht dort zubringen, um zu beweisen, dass das alles Einbildung sei. Um Mitternacht lief er davon – so geängstigt, dass er den ganzen Weg durch die Schlucht rannte.«

Justus sah richtig begeistert aus. Peter schluckte.

»Weiter«, sagte Justus. »Das ist noch besser, als ich gehofft hatte.«

»Noch andere Leute versuchten, in dem Haus zu übernachten«, berichtete Bob. »Ein Starlet vom Film probierte es als Reklametrick. Sie hielt es nicht mal bis Mitternacht aus, und ihre Zähne klapperten so sehr, dass sie kaum sprechen konnte. Sie wimmerte gerade noch etwas von einem blauen Phantom und einem Nebel des Grauens.«

»Blaues Phantom, Nebel des Grauens ...« Peter befeuchtete seine trockenen Lippen. »Sonst nichts, wie? Keine Reiter mit dem Kopf unterm Arm, keine Gespenster mit klirrenden Ketten, keine –«

»Wenn du Bob ausreden ließest«, fiel Justus ein, »kämen wir schneller voran.«

»Wenn ihr mich fragt«, murmelte Peter düster, »braucht er gar nicht weiterzureden. Mir reicht's.«

Justus überhörte das. »Noch was, Bob?«

»Oh ja«, sagte Bob, »es passierte noch mehr von der Sorte. Einmal zog eine fünfköpfige Familie ein. Die Bank wollte die Leute ein Jahr lang mietfrei wohnen lassen, wenn sie den Bann brechen könnten. Aber man sah sie niemals wieder sie ... sie verschwanden alle noch in der ersten Nacht.«

»Traten irgendwelche Erscheinungen auf?«, forschte der Erste Detektiv. »Seufzer, Stöhnen, Geheul, Gespenster und dergleichen?«

»Nicht von Anfang an. Aber später war viel los – Stöhnen wie von weit her, ab und zu eine nebelhafte Gestalt, die eine Treppe hinaufging, und manchmal ein Seufzen. Hin und wieder schien es auch, als kämen aus den unteren Räumen im Haus unterdrückte Schreie. Viele Leute berichteten, sie hätten unheimliche Musik gehört – von der beschädigten Orgel im großen Saal. Und ein paar haben auch wirklich eine Geistererscheinung Orgel spielen gesehen, so etwas wie einen schimmernden blauen Schleier. Sie nannten es ›das blaue Phantom‹.«

»Man ist doch diesen übernatürlichen Erscheinungen sicherlich nachgegangen?«

»Ein paar Wissenschaftler kamen zu Untersuchungen in das Schloss«, sagte Bob nach einem Blick auf seine Notizen. »Viel sahen oder hörten sie nicht. Sie fühlten sich nur die ganze Zeit über sehr unbehaglich – nervös und verwirrt. Als sie wieder fort waren, stand es für die Bank fest, dass das Haus keinen Käufer finden würde. Also sperrte man die Zufahrt ab und ließ das Schloss unbehelligt.

Es sind dann mehr als zwanzig Jahre vergangen, ohne dass jemand eine ganze Nacht dort zugebracht hätte. In einem Zeitungsartikel hieß es, dass zuerst noch Obdachlose und Strolche sich dort ihr Quartier einrichten wollten, aber auch die konnten es nicht aushalten. Sie verbreiteten derartige Gerüchte über das Haus, dass sich kein Wandersmann mehr in die Nähe wagte. In den letzten Jahren stand über das Schreckensschloss nichts mehr in den Zeitungen und Illustrierten. Soweit ich herausbekommen habe«, schloss Bob, »steht das Haus noch, verlassen und verwahrlost. Die Bank konnte es nicht verkaufen, und es kommt nie ein Mensch hin – wozu auch?«

»Das frage ich mich auch«, meinte Peter. »Mich könnte niemand dorthin locken.«

»Nichtsdestoweniger«, sagte Justus, »gehen wir hin – und zwar noch heute Abend. Wir drei werden dem Gespensterschloss mit Kamera und Tonbandgerät einen kurzen Besuch abstatten. Wir wollen mal feststellen, ob es dort noch spukt. Was uns auffällt, wird unseren späteren ausgedehnten Untersuchungen als Grundlage dienen. Ich hoffe sehr, dass es an diesem Ort wirklich Gespenster gibt. Wenn das stimmt, wäre für Mr Hitfields neuesten Film gesorgt.«

Besuch im Gespensterschloss

Bob hatte sich über das Gespensterschloss noch eine ganze Menge mehr notiert, und Justus las alles sorgfältig durch. Peter wiederholte ständig, keine zehn Pferde könnten ihn zur Burg bringen, aber als die Zeit zum Aufbruch kam, war auch er bereit. Er meldete sich mit dem tragbaren Tonbandgerät zur Stelle, das er von einem Schulkameraden gegen seine Briefmarkensammlung eingetauscht hatte.

Bob hatte sich mit einem Notizbuch und ein paar gut gespitzten Bleistiften versehen. Justus hatte seine Kamera mit Elektronenblitz dabei. Peter und Bob hatten zu Hause erzählt, sie wollten mit Justus in dem Dreißig-Tage-Wagen spazieren fahren.

Anscheinend glaubten die Eltern, dass alles in Ordnung sei, solange ihre Söhne mit Justus zusammen waren. Und natürlich wussten sie, dass Morton, der Fahrer, überall dabei war.

Gleich nach Einbruch der Dunkelheit fuhr die große Limousine lautlos bei der Firma Jonas vor. Die Jungen stiegen rasch ein. Justus hatte eine Karte des Schwarzen Canyons samt Umgebung mitgebracht. Morton warf einen Blick darauf, sagte: »Sehr wohl, die Herrschaften«, und fuhr los.

Während sie auf der gewundenen Straße über das hügelige Land fuhren, erteilte Justus seine letzten Anweisungen.

»Dieser Besuch«, sagte er, »soll uns nur einen ersten Eindruck verschaffen. Wenn wir aber etwas Ungewöhnliches sehen, mache ich eine Blitzlichtaufnahme, und wenn wir irgendwelche Laute hören, musst du sie auf Tonband aufzeichnen, Peter.«

»Wenn ich je dieses Bandgerät einschalten muss«, sagte Peter, als Morton in eine enge, tief ins Bergland eingeschnittene Straße einbog, »dann werdet ihr nichts als mein Zähneklappern zu hören bekommen.«

»Und du, Bob«, fuhr Justus fort, »wartest im Wagen, bis wir zurückkommen.«

»So lass ich mir's gefallen«, sagte Bob. »Verflixt dunkle Gegend hier!«

Sie fuhren noch immer die enge, ansteigende Straße entlang. Nirgends war ein Haus zu sehen.

»Wer das hier ›Schwarzer Canyon‹ taufte, hatte seine Gründe dafür«, sagte Peter.

»Da vorne muss ein Hindernis sein«, stellte Justus fest.

Ein Haufen Steine und Geröll blockierte die Straße. In dieser Gegend waren die Berghänge zwar dicht mit Gebüsch bewachsen, aber Gras gedieh nur spärlich. Deshalb rollten oft Steine auf die Wege herab. Diesmal schien der Steinschlag ein paar

Planken mitgerissen zu haben, die man vor langer Zeit zum Freihalten der Durchfahrt angebracht hatte.

Morton lenkte den Wagen an den Straßenrand. »Ich fürchte, hier kommen wir nicht durch«, erklärte er. »Aber nach der Karte habe ich den Eindruck, dass die Schlucht nach der Kurve da vorn sicherlich nicht weiter führt als einige hundert Schritte.«

»Danke, Morton. Los, Peter, wir gehen das letzte Stück zu Fuß.«

Sie stiegen aus.

»In einer Stunde sind wir wieder da«, rief Justus zurück. Morton war schon mit seinem Wendemanöver beschäftigt.

»Himmel«, sagte Peter Shaw, »hier sieht es aber zum Fürchten aus.«

Justus, der neben ihm im Dunkel kauerte, erwiderte nichts. Er schaute angestrengt nach vorn. Am Ende der finsteren, engen Schlucht konnten die beiden Jungen gerade die undeutlichen Umrisse eines fantastischen Bauwerks wahrnehmen. Scharf hob sich gegen den Sternenhimmel ein runder Turm mit spitzem Helm ab. Mehr als dieser Turm war allerdings vom Gespensterschloss kaum zu erkennen. Hoch oben am Hang, am Ende der engen, felsigen Schlucht, lag das Gebäude in düstere Schatten gehüllt.

»Ich meine, wir sollten bei Tag noch mal wiederkommen«, schlug Peter plötzlich vor. »Damit wir uns zurechtfinden.«

Justus schüttelte den Kopf. »Bei Tag passiert nichts«, sagte er. »Nur bei Nacht haben Menschen hier panische Angst erlebt.«

»Du vergisst die Männer von der Bank«, widersprach Peter. »Und außerdem will ich keine panische Angst erleben. Viel fehlt sowieso nicht mehr.«

»Mir geht's genauso«, gab Justus zu. »Mir ist, als wenn ich ein paar Schmetterlinge verschluckt hätte.«

»Dann kehren wir doch um!«, rief Peter erleichtert. »Für heute Abend haben wir genug getan. Wir sollten zur Zentrale zurückgehen und dort neue Pläne machen.«

»Neue Pläne habe ich schon«, sagte Justus und richtete sich auf. »Ich habe vor, heute Abend eine Stunde im Gespensterschloss zu verbringen.«

Er ging weiter und suchte sich mit der Taschenlampe einen Weg zwischen herabgefallenen Steinbrocken auf der rissigen Betonstraße. Im nächsten Augenblick kam Peter ihm nachgelaufen. »Wenn ich gewusst hätte, wie das ist«, beklagte er sich, »wäre ich nie Detektiv geworden.«

»Du wirst anders darüber denken, wenn wir das Geheimnis gelöst haben«, sagte Justus.

»Aber wenn wir nun den Gespenstern begegnen? Oder dem blauen Phantom oder sonst einem Geist, der hier umgeht?«

»Das wünsche ich mir ja gerade.« Justus klopfte auf die Blitzlichtkamera, die er umgehängt hatte. »Wenn ich den eingefangen habe, sind wir berühmt.«

»Und wenn er uns einfängt?«, gab Peter zurück.

»Pst!«, machte der Freund. Er knipste seine Taschenlampe aus. Peter verstummte entsetzt. Dunkel hüllte die beiden ein.

Irgendetwas – oder irgendjemand – kam den Abhang herunter auf sie zu. Peter duckte sich. Justus machte den Apparat schussbereit.

Ganz nahe war schon das Poltern der Steine, die sich durch hastige Schritte gelöst hatten, als Justus' Blitzlicht die Nacht erhellte. Im grellen Licht sah Peter zwei riesige rote Augen, die direkt auf ihn losschossen. Dann huschte etwas Pelziges hinterher, prallte auf der Betonstraße auf und entfernte sich mit großen Sprüngen. Hinter ihm rollten noch kleine Steine herab und blieben zu Füßen der Jungen liegen.

»Ein Kaninchen!«, sagte Justus. Es klang enttäuscht. »Wir haben es erschreckt.«

»Wir?«, rief Peter. »Was glaubst du, was *mir* das Biest für einen Schrecken eingejagt hat?«

»Das ist nur die natürliche Auswirkung unerklärlicher nächtlicher Geräusche und Bewegungen auf ein empfindliches Nervensystem«, sagte Justus. »Los, weiter!«

Er packte Peter am Arm und zog ihn mit. »Jetzt brauchen wir uns nicht mehr still zu verhalten. Mein Blitzlicht hat das Phantom – wenn es eines gibt – sicher aufgestört.«

»Sollten wir nicht etwas singen?«, fragte Peter, der widerstrebend Justs Tempo mithielt. »Wenn wir laut singen, müssen wir das Seufzen und Stöhnen der Gespenster nicht hören.«

»Das ist doch völlig witzlos«, sagte der Erste Detektiv unbeirrt. »Wir wollen ja gerade das Seufzen und Stöhnen hören – und das Schreien, Kreischen, Kettenrasseln noch dazu. All das sind die durchaus üblichen Erscheinungsformen übernatürlicher Gewalten.«

Peter verschwieg, dass er keinerlei Bedürfnis danach verspürte, irgendwelches Seufzen, Stöhnen, Schreien, Kreischen oder Kettenrasseln zu hören. Er wusste, dass es keinen Zweck hatte. Wenn Justus zu etwas entschlossen war, dann brachte ihn nichts davon ab, und niemand konnte ihn umstimmen.

Im Weitergehen erschien ihnen das winkelige alte Gemäuer noch größer, düsterer und bei Weitem unwirtlicher als zuvor. Peter gab sich alle Mühe, nicht mehr an die Geschichten zu denken, die ihnen Bob über das alte Haus erzählt hatte.

Nach dem letzten Stück Weg entlang einer verwitterten Mauer betraten die Jungen den Vorhof des Gespensterschlosses.

»Da wären wir«, sagte Justus und blieb stehen.

Hoch über ihren Köpfen reckte sich ein Turm gen Himmel. Ein anderer, niedrigerer Turm schien drohend auf sie herabzublicken. Fenster mit blinden Scheiben spiegelten stumpf das Sternenlicht. Plötzlich flatterte etwas um ihre Köpfe. Peter duckte sich. »Ui!«, schrie er. »Eine Fledermaus!«

»Fledermäuse fressen nur Insekten«, erinnerte ihn Justus, »keine Menschen.«

»Vielleicht hat die hier aber Appetit auf uns – wer weiß?«

Justus wies auf die breite Zufahrt und das massive, geschnitzte Tor vor ihnen. »Hier ist der Eingang«, sagte er. »Wir müssen nur hindurch.«

»Ich wollte, ich könnte meine Beine davon überzeugen. Sie möchten lieber umkehren.«

»Meine auch«, gab Justus zu. »Aber meine Beine gehorchen meinem Willen. Komm mit.«

Er ging weiter. Peter konnte seinen Freund nicht allein in ein Haus wie das Gespensterschloss gehen lassen, also folgte er. Sie gingen die alte Marmortreppe hinauf und über eine fliesenbelegte Terrasse. Als Justus nach dem Türknauf greifen wollte, packte Peter ihn am Arm.

»Warte mal!«, sagte er. »Hörst du? Geistermusik!«

Beide lauschten. Einen Augenblick lang glaubten sie ein paar unheimliche Töne zu vernehmen, die aus unendlichen Fernen zu ihnen zu dringen schienen. Dann war im Dunkel nur noch das Nachtkonzert der Insekten zu hören und ab und zu das Geräusch von Steinchen, die in die Schlucht hinunterrollten.

»Wahrscheinlich pure Einbildung«, sagte Justus, aber es klang nicht allzu überzeugt. »Oder es war von einem Fernsehgerät drüben über den Bergen – es gibt solche akustischen Phänomene.«

»Na schön, so kann man alles erklären«, murmelte Peter. »Wenn es aber nun die alte Orgel war – das blaue Phantom?«

»Dann interessiert uns das ganz besonders«, sagte Just. »Gehen wir hinein.«

Er packte den Türknauf und drückte. Mit einem lang gezogenen Quietschton, der Peter das Blut in den Adern gerinnen ließ, ging die Tür auf. Ehe ihr Mut sie wieder verlassen hatte, traten die beiden Jungen hinter den geradeaus gerichteten Strahlen ihrer Taschenlampen in einen langen dunklen Flur.

Sie gingen an schattenbevölkerten Korridoren vorbei, die

ihnen stickige Luft entgegenzuhauchen schienen. Dann kamen sie in eine weitläufige, zwei Stockwerke hohe Halle. Justus blieb stehen.

»Wir sind da«, sagte er. »Das ist die Eingangshalle. Wir bleiben genau eine Stunde, dann gehen wir nach Haus.«

»*Raus!*«, flüsterte es ihnen leise und schaurig ins Ohr.

Echo aus dem Jenseits

»Hast du gehört?«, rief Peter. »Das Phantom sagt, wir sollen gehen. Komm, Just, so etwas lasse ich mir nicht gern zweimal sagen.«

»Warte!« Sein Freund packte ihn am Handgelenk.

»*Warte!*«, sagte die Geisterstimme, diesmal vernehmlicher.

»Wusste ich's doch«, stellte Justus fest. »Nur ein Echo. Die Halle ist ja sehr hoch, und rund ist sie auch. Gewölbte Mauern sind sehr gute Schallreflektoren. Mr Terrill hat es beim Bau berücksichtigt. Er nannte das hier die Echohalle. Gute Idee.«

»*Weh ...*«, schien das Echo Peter ins Ohr zu flüstern.

Aber Justus hatte recht. Man brauchte sich doch nicht vor einem Echo zu fürchten!

»Ich habe ja nur Spaß gemacht«, sagte Peter forsch. »Dass das bloß ein Echo ist, hab ich längst gemerkt.« Zur Bestätigung lachte er herzhaft.

Urplötzlich war der Raum von schaurigem Gelächter erfüllt. »*Hahahahaha!*« und »*Hohohohoho!*« hallte es von den Wänden wider. In einem letzten geisterhaften Gekicher erstarb das Lachen. Peter schluckte.

»Wer war das – ich?«, flüsterte er.

»Ja, du«, flüsterte sein Freund zurück. »Aber mach das bitte nicht noch mal.«

»Keine Angst«, wisperte Peter.»Das passiert mir nicht noch einmal!«

»Komm mal hierher«, Justus zog ihn zur Seite. »Jetzt können wir reden. Das Echo funktioniert nur, wenn man genau in der Mitte der Halle steht. Ich wollte ausprobieren, ob es möglicherweise die Quelle der Furcht einflößenden akustischen Erscheinungen ist, von denen frühere Besucher berichteten.«

»Das hättest du mir sagen können«, meinte Peter.

»Die Echohalle war in Bobs Ermittlungen ausdrücklich angeführt«, stellte Justus fest. »Du hast wohl darüber weggelesen.«

»Dafür habe ich den Bericht von der Familie aus New York gelesen, die einen Abend hier verbrachte und dann nie mehr gesehen wurde«, sagte Peter.

»Die sind sicher nach New York zurückgereist«, sagte Justus. »Es scheint allerdings zu stimmen, dass seit mindestens zwanzig Jahren kein Mensch mehr eine ganze Nacht in diesem Haus zugebracht hat. Unsere Aufgabe ist es, festzustellen, was all diese Leute so entsetzte. Wenn es ein echtes Phantom oder Gespenst ist – die übernatürliche Gegenwart des früheren Eigentümers, Stephan Terrill –, dann werden wir eine bedeutsame wissenschaftliche Entdeckung machen.«

»Was könnte es sonst sein?«, fragte Peter. Er ließ das Licht seiner Taschenlampe über die runde Wand des Raumes wandern. Eine Wendeltreppe führte zum oberen Stockwerk, aber er hatte keineswegs die Absicht, diese Treppe hinaufzusteigen. Die Wand war mit verschlissenem Stoff bespannt, ringsum liefen holzgeschnitzte Sitzbänke. In etlichen flachen Nischen oder Alkoven standen Ritterrüstungen.

An der Wand hingen mehrere große Gemälde. Peter ließ sein Licht von einem zum anderen schweifen. Es waren offenbar lauter Porträts ein und desselben Mannes in verschiedener Kostümierung. Ein Bild zeigte ihn als englischen Edelmann, andere stellten ihn als Buckligen, als Zirkusclown, als einäugigen Piraten vor.

Peter schloss daraus, dass es sich um Bilder des ehemaligen Hausherrn Stephan Terrill in einigen seiner berühmten Stummfilmrollen handeln musste. Da unterbrach ihn Justus. »Ich habe meine Empfindungen genau geprüft«, sagte er. »Im Augenblick spüre ich keine Furcht. Ich bin nur ein bisschen aufgeregt.«

»Ich auch«, stimmte Peter zu. »Seit man das komische Echo nicht mehr hört, ist das einfach irgendein altes Haus.«

»Normalerweise«, sagte sein Freund gedankenvoll, »vergeht eine gewisse Zeitspanne, bis das Gespensterschloss seine Wirkung auf Besucher ausübt. Anfänglich spüren sie nur ein vages Unbehagen. Das geht über in eine unerträgliche Beklemmung, die sich zu panischer Angst steigert.«

Peter hörte nur mit halbem Ohr zu. Er ließ sein Licht wieder über die Bilder an der Wand gleiten. Plötzlich sah er etwas, das ihm Unbehagen verursachte. Gleich darauf spürte er eine unerträgliche Beklemmung.

Das Auge des einäugigen Piraten auf dem Bild starrte ihn an!

Das blinde Auge war von einer schwarzen Klappe bedeckt. Das sehende Auge aber blickte ihn an, darüber gab es keinen Zweifel. Es hatte einen feuchten Schimmer, und als Peter hinstarrte, sah er es blinzeln.

»Just!« Er brachte nur ein Krächzen hervor. »Das Bild! Es sieht uns an!«

»Welches Bild?«

»Das da.« Peter richtete den Lichtstrahl auf das Seeräuber-Porträt. »Ich habe gesehen, wie er uns anschaute.«

»Nur eine Täuschung«, sagte sein Freund. »Wenn ein Maler ein Porträt mit genau geradeaus gerichtetem Blick malt, dann wirkt es so, als ob es dich immer ansieht – egal wo du gerade stehst.«

»Aber das Auge ist nicht gemalt!«, widersprach Peter. »Es ist ein richtiges Auge. Ein gemaltes Bild mit einem richtigen Auge!«

»Ich fürchte, du irrst dich«, sagte Justus. »Es ist einwandfrei ein gemaltes Auge. Aber gehen wir hin und sehen wir es uns an.«

Er ging auf das Bild zu, und Peter folgte nach kurzem Zögern. Jetzt hatten sie beide das Licht ihrer Taschenlampen auf das Bild gerichtet, und Peter konnte sehen, dass Justus recht hatte – das Auge war gemalt. Es sah sehr echt aus, aber es hatte nicht den Glanz eines menschlichen Auges.

»Ich habe mich wohl doch getäuscht«, gab Peter zu. »Aber ich glaubte bestimmt, ich hätte es blinzeln sehen … He!« Er rang nach Atem. »Spürst du auch was?«

»Mir ist kalt«, sagte der Freund verwirrt. »Wir befinden uns in einer Kältezone. Kalte Stellen findet man sehr oft in Spukhäusern.«

»Dann ist das hier bestimmt eins«, sagte Peter Shaw zähneklappernd. »Ich spüre einen eisigen Luftzug – als ob eine ganze Armee Gespenster vorüberziehe. Ich kriege eine Gänsehaut. Ich habe Angst! Ganz einfach Angst!«

Er stand noch einen Augenblick still und versuchte, sein zitterndes Kinn ruhig zu halten. Eiskalt wehte es aus dem Nichts über ihn hinweg. Dann sah er, wie sich in der Luft undeutliche, schleierartige Nebelschwaden bildeten, als wolle ein ungeheurer Geist sich materialisieren. Da schlug sein Unbehagen, das zur unerträglichen Beklemmung geworden war, in panische Angst um.

Er machte kehrt. Es geschah ohne sein Zutun – seine Füße besorgten es für ihn. Sie trugen ihn stracks aus dem Portal hinaus und die Zufahrt hinunter. Er rannte wie ein Wiesel.

Neben ihm lief Justus Jonas. Nie zuvor hatte Peter seinen Freund so schnell vor etwas davonrennen sehen.

Justus Jonas auf dem Rückzug – ich kann mich eines Anflugs von Schadenfreude nur mit Mühe erwehren. Doch so sehr sein Auftreten und seine Haltung sonst meine Kritik herausfordern, so wenig bin auch ich geneigt, an übernatürliche Mächte im Gespensterschloss zu glauben.

»Sagtest du nicht, dass deine Beine deinem Willen gehorchen?«, rief er Justus zu.

»Sicher!«, rief der Freund zurück. »Ich will, dass sie laufen!«

Sie liefen wie die Feuerwehr. Zurück blieb das schweigende, düstere Gemäuer des Gespensterschlosses und jenes furchtbare, lähmende Empfinden schleichender Angst.

Spuk am Telefon?

Obwohl Peter die längeren Beine hatte, konnte er kaum mit seinem Freund Schritt halten. Dann setzte sein Herzschlag für einen Augenblick aus.

Er hörte Schritte – dicht hinter sich!

»Da ist wer –«, verkündete er atemlos, »da ist jemand ... hinter uns her ...«

Justus schüttelte den Kopf. »Nur ... das Echo ... von der Mauer ...«, keuchte er.

In Peters Ohren klangen die Schritte des Verfolgers unheimlich, keineswegs wie ein Echo – und obendrein hatte der Laut dieser Tritte nichts Menschliches an sich. Doch jetzt hatten er und Justus die Mauer hinter sich gelassen, und die Schritte waren plötzlich verstummt. Justus hatte wohl wieder recht gehabt.

Das Echo – noch einmal.

Die überwältigende Empfindung panischer Angst, die Peter in der großen Halle des Schlosses gepackt hatte, war aber bestimmt von keinem Echo verursacht worden. Das wusste er. Nicht für ein Vermögen wäre er jetzt stehen geblieben.

Sie verlangsamten ihr Tempo, da große Felsblöcke die Straße zu einem schmalen Pfad einengten. Aber immer noch liefen sie. Es schien ihnen das einzig Richtige.

Dann machte der Weg eine Biegung, und der dunkle, unheildrohende Bau hinter ihnen war außer Sicht. Weit drunten im Tal funkelten die Lichter der nahen Großstadt. Und dort, kaum hundert Meter entfernt, wartete der Wagen, wartete am Steuer Morton, der treue Fahrer.

Peter und Justus waren in einen gemächlichen Trab gefallen. Ganz unerwartet überfiel sie von weit hinten ein schriller Schrei. Es war ein sonderbar durchdringender Schrei, kehlig und röchelnd, als werde gerade einem Menschen – nein, Peter wollte nicht darüber nachdenken, warum der Schrei so seltsam geklungen hatte.

Sie erreichten den wartenden großen Wagen, dessen goldene Türgriffe und Beschläge im Sternenlicht glänzten. Die Tür flog auf, und Peter taumelte auf den Rücksitz, wo Bob saß. Bob zog Peter herein, Justus drängte nach.

»Morton!«, schrie Justus. »Fahren Sie uns nach Hause!«

»Sehr wohl, junger Herr«, sagte der große, würdevolle Mann, und der starke Motor erwachte zum Leben. Der Wagen rollte an, und immer schneller glitt er in die Kurven der Talstraße.

»Was ist passiert?«, fragte Bob, als sich die beiden Freunde schwer atmend in die Ledersitze zurücksinken ließen. »Wer hat da geschrien?«

»Ich weiß nicht«, sagte Justus.

»Ich will es nicht wissen«, gab Peter wahrheitsgetreu zu. »Wenn es jemand weiß, so hoffe ich, dass er es für sich behält.«

»Aber, was war denn los?«, wollte Bob wissen. »Habt ihr das blaue Phantom gesehen?«

Justus schüttelte den Kopf. »Wir haben – nichts gesehen. Aber das Nichts hat uns einen gewaltigen Schrecken eingejagt.«

»Stimmt nicht ganz«, berichtigte Peter. »Den Schrecken hatten wir schon weg. Irgendetwas gab uns den Rest.«

»Dann spukt es wirklich im Schloss?«, fragte Bob begierig. »Und all die Geschichten sind nicht erfunden?«

»Ich würde sagen, das Haus ist ein Sammelplatz für sämtliche Geister, Dämonen und Werwölfe weit und breit«, erklärte Peter. Er konnte jetzt wieder befreiter atmen – der Wagen entfernte sich immer mehr vom Ort des Geschehens. »Dahin gehen wir nie wieder, oder?«

Er wandte sich an Justus, der sich im Sitz zurückgelehnt hatte und seine Unterlippe zwischen Daumen und Zeigefinger knetete – folglich überlegte er scharf.

»Wir gehen doch bestimmt nie wieder hin?«, wiederholte Peter hoffnungsvoll. Aber Justus Jonas schien ihn nicht zu hören. Er sah ohne ein Wort aus dem Fenster des dahinsausenden Wagens und bearbeitete weiter seine Unterlippe.

Als der Wagen endlich vor der Firma Jonas ankam, bedankte sich Justus bei Morton und sagte, er werde anrufen, wenn er ihn für die nächste Fahrt brauche.

»Dann hoffentlich mit mehr Erfolg«, meinte der Fahrer. »Ich muss sagen, dass ich diese Art des Einsatzes überaus schätze. Es ist eine willkommene Abwechslung – nach all den dicken Bankiers und reichen alten Damen, die ich sonst fahren muss.«
Er fuhr weg, und Justus nahm seine Freunde mit in den Hof. Onkel Titus und Tante Mathilda waren in ihrem kleinen Haus neben dem Lagerplatz. Die Jungen konnten sie durchs offene Fenster beim Fernsehen beobachten.

»Es ist noch nicht spät«, sagte Justus. »Wir sind von unserer Expedition früher zurück, als ich gedacht hatte.«

»Mir ist es nicht früh genug«, wandte Peter ein. Er sah noch immer bleich aus. Auch Justus war blass. Aber er konnte recht eigenwillig sein, wenn es sein musste – besonders wenn es darum ging, nicht zuzugeben, dass er Angst hatte.

Plötzlich sagte Justus: »Ich hoffe, du hast den Schrei auf Band aufgenommen. Dann können wir ihn noch mal anhören und versuchen, ihn zu identifizieren.«

»Ich – den Schrei aufgenommen!«, rief Peter entgeistert. »Ich dachte nur ans Weglaufen, nicht ans Aufnehmen. Sollte dir das entgangen sein?«

»Du hattest Anweisung von mir, alle ungewöhnlichen Geräusche aufzuzeichnen«, sagte Justus. »Ich gebe aber zu, dass hier mildernde Umstände vorliegen.«

Er führte die Freunde zu Gang III, das war ihr Codewort für den unkompliziertesten Zugang zur Zentrale: ein großes Tor aus Eichenbohlen mitsamt dem Rahmen, das gegen einen Haufen Granitblöcke aus einem Hausabbruch lehnte.

Justus trat zur Seite und fischte einen großen Schlüssel aus rostigem Eisen aus einer Kiste, wo er unbeachtet unter anderem Schrott lag. Er schloss die Eichentür auf, öffnete sie, und sie schlüpften hindurch.

Nun befanden sie sich in einem alten eisernen Kessel, der aus einem Ungetüm von Dampfmaschine stammte. Leicht geduckt gingen sie vorwärts, am anderen Ende führte ein kreisförmiger Ausgang unmittelbar in die Zentrale. Justus knipste das Licht an und setzte sich hinter den Schreibtisch.

»So«, sagte er, »nun lasst uns mal genau überlegen, was passiert ist. Peter, was war die Ursache für dein Weglaufen heute Abend im Gespensterschloss?«

»Da gab es keine Ursache«, erklärte Peter. »Ich bin weggelaufen, weil ich es wollte.« »Ich will die Frage anders stellen. Was war die Ursache dafür, dass du weglaufen wolltest?«

»Na ja«, sagte Peter, »in der Echohalle fühlte ich mich gleich nicht wohl. Eben unbehaglich. Ein bisschen später war mir unerträglich beklommen zumute. Und ganz plötzlich war es nicht mehr Beklemmung, sondern ganz einfach Angst. Da wollte ich nur noch weglaufen.«

»Hm.« Justus knetete seine Unterlippe. »Da hast du genau das Gleiche erlebt wie ich. Erst Unbehagen, dann unerträgliche Beklemmung und schließlich panische Angst. Aber was war denn eigentlich geschehen? Wir hörten ein paar mal das Echo – wir spürten einen kühlen Luftzug –«

»Einen eiskalten Luftzug!«, berichtigte Peter. »Und denk an das Bild, das mich mit einem richtigen Auge anstarrte!«

»Wahrscheinlich nur Einbildung«, meinte Justus. »Im Grunde haben wir nichts gesehen oder gehört, das uns geängstigt haben könnte. Aber Angst hatten wir. Die Frage ist nur: Warum?«

»Wieso warum?«, fragte Peter. »Jedes alte verlassene Haus macht einem irgendwie Angst, und das Schloss da ist so unheimlich, dass es auch Geistern grausen würde!«

»Das wäre eine Erklärung«, pflichtete Justus bei. »Wir müssen noch mal hingehen und –«

Und da klingelte das Telefon.

Sie starrten den Apparat an. Bisher hatte das Telefon noch nie geklingelt. Justus hatte den Anschluss erst vor knapp einer Woche einrichten lassen, als sie sich endgültig einig geworden waren, ein Unternehmen zu gründen. Die Gebühren wollten sie von dem Geld bezahlen, das sie bei Mr Jonas mit Reparaturen verdienten. Der Anschluss war auf Justs Namen eingetragen, aber im Telefonbuch stand er natürlich noch nicht. Bisher wusste niemand, dass sie ein Telefon hatten. Aber es klingelte trotzdem! Es wollte nicht aufhören. Peter schluckte. »Geh doch ran«, sagte er.

»Tu ich ja schon.« Justus nahm den Hörer auf. »Hallo?«, sagte er in die Muschel. »Hallo?«

Er hielt den Hörer dicht an ein Mikrofon mit Verstärker, das er aus einem Autoradio zusammengebastelt hatte. Auf diese Weise konnten auch die Freunde mithören, was am anderen Ende gesprochen wurde. Aber es war nichts zu vernehmen als ein merkwürdiges Summen, das sehr weit entfernt klang.

»Hallo!«, sagte Justus noch einmal. Aber es kam immer noch keine Antwort. Schließlich legte er auf.

»Wahrscheinlich falsch gewählt«, stellte er fest. »Was ich vorhin sagen wollte –«

Das Telefon läutete wieder.

Sie sahen alle hin. Justus griff nach dem Hörer, aber es sah aus, als werde sein Arm gewaltsam zurückgehalten. »Ja – hallo?«, sagte er.

Wieder hörten sie das seltsame unpersönliche Summen, das von weit her zu kommen schien. Dann aber war eine röchelnde Stimme zu vernehmen, sie klang, als hätte der Sprecher sie jahrelang nicht gebraucht und als versuchte er jetzt mit Mühe, Worte hervorzubringen.

»Weg–«, sagte die Stimme. Dann – als koste es große Mühe, unvorstellbare Anstrengung – folgte das nächste Wort.

»–bleiben«, hieß es. »Weg ... bleiben.«

Die Stimme erstarb in einem langen Keuchen, und wieder hörte man nur den unheimlichen Summton.

»Wegbleiben – wo denn?«, fragte Justus in den Telefonhörer. Aber es kam keine Antwort. Es summte nur immerfort.

Justus legte auf. Eine ganze Weile lang sagte keiner ein Wort. Dann stand Peter auf. »Ich muss jetzt nach Hause«, sagte er. »Mir ist gerade eingefallen, dass ich noch was erledigen muss.«

»Mir auch.« Bob sprang auf. »Ich komme mit.«

»Tante Mathilda hat sicher ein paar Besorgungen zu machen«, sagte Justus und erhob sich ebenfalls. Sie traten sich gegenseitig fast auf die Füße, so eilig hatte es jeder, zu verschwinden.

Die Stimme am Telefon hatte nicht zu Ende gesprochen. Aber es fiel ihnen nicht schwer zu erraten, was sie ihnen sagen wollte. *Wegbleiben – vom Gespensterschloss!*

So würde auch meine Empfehlung an die vorwitzigen Bürschchen lauten ... (Ich habe gar nichts gegen Jungen, die Detektiv spielen – spielen! Aber wohin soll es führen, dass diese drei sich allen Ernstes anmaßen, als Detektivbüro mit Telefonanschluss an der Kulissenbeschaffung für einen Hitfield-Film mitzuwirken?)

In der Falle!

»Wir stehen vor einem Problem«, sagte Justus am nächsten Nachmittag. Er und Peter saßen in der Zentrale (Bob arbeitete in der Bücherei), und der Erste Detektiv betrachtete stirnrunzelnd ein Blatt Papier.

»Vielmehr vor zwei Problemen«, setzte Justus noch hinzu.

»Ich will dir sagen, wie wir unsere Probleme lösen können«, entgegnete Peter. »Geh ans Telefon, ruf Mr Hitfield an und sag ihm, wir hätten uns das mit dem Spukhaus noch mal überlegt. Sag ihm, dass wir nur noch aus Gänsehaut bestehen, wenn wir eins von Weitem sehen. Sag ihm, dass unsere Beine zu Pudding werden und von selbst davonlaufen.«

Justus überhörte diese Vorschläge. »Unser erstes Problem ist«, stellte er fest, »herauszufinden, wer uns gestern Abend angerufen hat.«

»Nicht *wer*«, hob Peter hervor. »Sondern *was* ... War es ein Phantom oder ein Spuk oder ein Werwolf – oder einfach der Geist eines Toten?«

»Geister von Verstorbenen«, sagte sein Freund, »pflegen nicht zu telefonieren. Und das gilt auch für Gespenster, Phantome und Werwölfe.«

»Das war früher so. Warum sollten sie nicht mit der Zeit gehen und modern sein wie wir? Die Stimme gestern Abend hatte für mich nichts Menschliches.«

Justus zog die Augenbrauen zusammen. Auf seinem runden Gesicht zeichnete sich Verwirrung ab. »Da muss ich dir recht geben«, sagte er. »Das ganze Problem wird noch dadurch kompliziert, dass außer uns drei und Morton niemand etwas von unserem Besuch im Gespensterschloss wusste – keine einzige Menschenseele.«

»Und wie ist es mit Seelen, die keinem Menschen gehören?«, fragte Peter.

»Wenn es im Gespensterschloss wirklich spukt«, sagte Justus, »dann wollen wir das beweisen. Damit können wir uns unsere Sporen verdienen. Wir sollten mehr über Stephan Terrill in Erfahrung bringen. Wenn er über das Haus einen Fluch verhängt hat, dann ist anzunehmen, dass sein eigener Geist jetzt darin umgeht.«

»Das klingt ganz einleuchtend«, gab Peter zu.

»Unsere erste Aktion wäre demnach, jemanden zu finden, der Stephan Terrill in seiner Stummfilmzeit kannte und der uns mehr über ihn erzählen kann.«

»Aber das liegt lange zurück!«, wandte Peter ein. »Wen müssten wir da nehmen?«

»Uns erscheint es lange her, weil wir selbst noch so jung sind.

65

In Hollywood muss es noch viele Leute geben, die Mr Terrill gekannt haben.«

»Na ja, sicher. Weißt du denn jemanden?«

»Unser bester Fang«, sagte Justus, »wäre Mr Terrills Manager, der Flüsterer.«

»Der Flüsterer?«, rief Peter erstaunt. »Was ist das für ein Name?«

»Ein Spitzname. In Wirklichkeit heißt er Jonathan Rex. Hier ist ein Foto von ihm.«

Der Erste Detektiv reichte die Kopie eines Zeitungsausschnitts mit einem Bild über den Tisch. Bob Andrews hatte sie im Archiv der Bücherei gemacht. Die Aufnahme zeigte einen hochgewachsenen Mann, der kein einziges Haar mehr auf dem Kopf und am Hals eine hässliche Narbe hatte. Er begrüßte gerade einen kleineren, braunhaarigen netten Herrn, der verhalten lächelte. Der große Mann hatte wild blickende Augen.

»Hoppla!«, rief Peter. »So hat also Stephan Terrill ausgesehen. Den brauchte man ja nur anzusehen, um Angst vor ihm zu bekommen. Die Narbe und die Augen lassen einem wirklich das Blut gefrieren.«

»Du meinst den Falschen. Mr Terrill ist der Kleinere – der Mann, der so freundlich und harmlos aussieht.«

»Der?«, sagte Peter. »Der soll all die grässlichen Ungeheuer gespielt haben? Dieser nette Mensch?«

»Er hatte ein Dutzendgesicht, aber er konnte es zu jeder erdenklichen Teufelsfratze verzerren«, erklärte Justus. »Aber falls du die Geschichte nicht gelesen hast: Da heißt es –«

»Ich habe mir nur die Berichte über das Spukhaus angesehen«, gestand Peter.

»Jedenfalls heißt es, dass Stephan Terrill, wenn er nicht vor der Filmkamera stand, durch sein Lispeln so gehemmt war, dass er kaum mit anderen reden konnte. Deshalb engagierte er den Flüsterer als seinen Manager bei allen geschäftlichen Dingen. Der Flüsterer hatte es nicht schwer, Verhandlungspartner zum Nachgeben zu bewegen.«

»Das ist mir völlig klar«, sagte Peter. »Der Kerl sieht aus, als würde er das Messer ziehen, sobald jemand Nein sagt.«

»Wenn wir ihn ausfindig machen, kann er uns bestimmt alles erzählen, was wir wissen müssen.«

»Sicher – *wenn*. Hast du etwa eine Idee?«

»Das Telefonbuch. Er wohnt vielleicht noch hier im Bereich des Ortsnetzes.«

Peter fand dann den Namen. »Da steht er!«, rief er. »Jonathan Rex. Sollen wir ihn anrufen?«

»Ich glaube, es ist besser, wenn wir uns nicht bei ihm anmelden. Aber den Wagen wollen wir herrufen.«

»Das war ein Geniestreich, dass du den Wagen gewonnen hast«, sagte Peter, als Justus telefoniert hatte. »Ich mag gar nicht dran denken, was wir anfangen sollen, wenn die dreißig Tage um sind.«

»Ich habe so meine Pläne«, sagte sein Freund. »Aber davon später. Wir sagen jetzt besser Tante Mathilda Bescheid, dass wir zum Abendessen nicht da sind.«

Mrs Jonas zeigte sich bereit, etwas für die beiden aufzuheben.

Aber als Morton mit dem glänzenden großen Wagen am Eingangstor vorfuhr, schüttelte sie den Kopf.

»Meine Güte«, sagte sie. »Bei dir weiß man nie, was noch alles kommt, Justus. Da fährst du in einem Auto herum, das für einen arabischen Scheich gebaut wurde. Wir werden es schon erleben: Du bekommst noch den Größenwahn.«

Wie sich dieser Wahn äußern würde, behielt sie für sich. Justus schreckte die Prophezeiung nicht, er setzte sich bequem in den Lederpolstern zurecht.

Morton musste auf mehreren Karten nachsehen, bis er die Adresse von Jonathan Rex fand. Die Straße war ziemlich weit entfernt, jenseits der Hügelkette.

Als sie bergan fuhren, hatte Justus einen seiner häufigen Geistesblitze.

»Morton«, sagte er. »Ich glaube, auf dem Weg dorthin kommen wir an der Stelle vorbei, wo der Schwarze Canyon abzweigt.«

»Ganz recht«, antwortete der Fahrer. »Es ist kurz vor der Passhöhe.«

»Dann wollen wir doch einen kleinen Abstecher zur Schlucht machen. Ich will mir da etwas ansehen.«

Wenige Augenblicke später gelangten sie an die Einmündung der engen Schlucht, die sie am Abend zuvor aufgesucht und so überstürzt wieder verlassen hatten. Bei Tage sah sie etwas freundlicher aus – aber wirklich nur ein wenig. Als Morton zu der Stelle kam, wo die morschen Planken und der Steinschlag den Weg versperrten, gab er einen überraschten Laut von sich.

»Da!«, rief er. »Autospuren – über unseren Spuren von gestern! Ich wollte es den Herrschaften lieber nicht sagen, aber ich hatte den Eindruck, dass wir verfolgt wurden.«

Verfolgt? Peter und Justus starrten einander an.

»Noch eine Nuss zu knacken«, sagte Justus. »Aber das hat Zeit. Jetzt möchte ich mich vor dem Gespensterschloss ein wenig umsehen.«

»Prima!«, sagte der Zweite Detektiv. »Solange wir nicht reingehen, bin ich sehr dafür.«

Diesmal, am hellen Tag, brauchten sie nicht lange, um den steinigen schmalen Weg hinaufzuklettern. Bald tauchte das Gespensterschloss vor ihnen auf.

»Und da drin waren wir bei Nacht!«, sagte Peter. »Mann!«

Justus ging voran, um den ganzen Bau herum, er untersuchte sogar die dem Eingang abgewandte Seite des Hauses und den steilen Hang dahinter.

»Uns interessiert jeder Hinweis darauf, dass ein Mensch sich hier einen Unterschlupf geschaffen hat«, sagte er. »Wenn das der Fall ist, müssten wir irgendetwas entdecken – eine Fußspur im Boden ... einen Zigarettenstummel ...«

Aber auch eine ausgedehnte Suche ergab nichts. Schließlich machten sie an einer Seite des Gebäudes kurz halt.

»Eines steht fest: Menschen kommen nicht hierher«, sagte Justus befriedigt. »Wenn die Burg bewohnt ist, dann nur von Geistern. Und das wollen wir herausfinden.«

»Ich will es gern glauben – auch ohne Beweise«, meinte Peter.

In diesem Augenblick ertönten sehr menschliche Schreie. Entsetzt starrten sie auf den Eingang zum Schloss. Zwei Gestalten stürzten mit Schreckensrufen aus dem Tor und rannten wie irrsinnig den Weg zur Straße hinunter. Einer stolperte und fiel hin. Etwas Glänzendes flog ihm aus der Hand und blieb am Wegrand liegen. Er kümmerte sich nicht darum, sondern sprang auf die Füße und lief hinter seinem Gefährten her.

»Na, das waren bestimmt keine Geister«, sagte Peter, als er sich von seiner Überraschung erholt hatte. »Aber man sollte meinen, dass sie gerade welchen begegnet seien.«

»Los, schnell!« Justus lief in erstaunlichem Tempo den Abhang hinunter. »Wir müssen feststellen, wer die zwei waren.«

Peter rannte hinterher. Die zwei Flüchtenden waren schon außer Sichtweite. Justus kam zu der Stelle, wo der eine gestürzt war, und hob eine teure Taschenlampe mit Gravur auf. Das Monogramm hieß »S. N.«.

»S – N«, buchstabierte Justus. »Was fällt dir dazu ein?«

»Skinny Norris!«, platzte Peter heraus. »Skinny! Aber das ist doch nicht möglich! Wie sollte der hierherkommen?«

»Denk daran, was Bob uns erzählt hat – wie sich Skinny in der Bücherei herumdrückte und wie eine von unseren Karten plötzlich weg war. Und Morton glaubte gestern Abend, wir würden verfolgt! Es sähe Skinny ähnlich, hinter uns herzuspionieren und uns entweder die Schau zu stehlen oder das Geschäft zu vermiesen.«

»Richtig«, stimmte Peter nachdenklich zu. »Skinny würde alles dransetzen, um dir einmal eins auszuwischen. Aber wenn er wirklich mit einem Freund da drin war, dann waren sie sehr rasch wieder draußen!« Er unterdrückte ein Lachen, aber Justus sah ernst aus, als er die Taschenlampe einsteckte.

»Wir waren auch nicht viel langsamer«, erinnerte er seinen Freund. »Mit dem Unterschied allerdings, dass wir es ein zweites Mal versuchen werden, während Skinny unter Garantie genug hat. Weißt du was? Ich gehe jetzt gleich noch mal rein und schau mich bei Tageslicht um!«

Ehe Peter protestieren konnte, ließ ein lautes Krachen hoch über ihnen sie aufblicken. Ein großer Felsklotz polterte über die Steilwand auf sie zu! Peter wollte sich ducken, aber Justus hielt ihn fest. »Bleib!«, sagte er. »Der geht an uns vorbei.«

Er behielt recht. Der Stein schlug knapp zehn Meter neben ihnen so heftig auf, dass er die Straßendecke eindrückte, und rollte dann den jenseitigen Abhang hinunter.

»Wenn der uns erwischt hätte«, sagte Peter, »dann würde es im Gespensterschloss heute Nacht zwei neue Bewohner geben!«

»Sieh mal!« Justus packte ihn am Arm. »Da oben am Hang ist jemand im Gebüsch versteckt. Ich möchte wetten, dass Skinny Norris da raufgeklettert ist und uns den Stein heruntergeschickt hat!«

»Wenn er das war«, sagte Peter zornig, »wollen wir ihm Anstand beibringen. Los, Just, den nehmen wir uns vor!«

Die beiden stiegen den unwegsamen, steinigen Abhang hinauf, immer wieder von Geröll und Gebüsch behindert. Oben am Berg sahen sie eine Gestalt in der Ferne verschwinden. Sie umrundeten einen schroffen Felsvorsprung und blieben stehen, um Atem zu schöpfen. Vor ihnen lag eine enge, zerklüftete Felsspalte. Vor langer Zeit hatte hier ein Erdbeben an den Bergen gerüttelt und die Gesteinsmassen gegeneinander geworfen.

Als sie die Öffnung der Spalte untersuchten, wurden sie auf ein scharrendes Geräusch am Hang über ihren Köpfen aufmerksam. Von oben bewegte sich eine Lawine aus Steinen und Geröll auf sie zu.

Peter erstarrte. Aber Justus handelte, ohne zu zögern. Er packte den Freund am Arm und riss ihn mit in die enge Höhlung hinein, so tief es ging. Im nächsten Augenblick stürzten die rutschenden Fels- und Erdmassen mit Donnergetöse an der Öffnung vorbei. Ein paar Steine fielen nach innen. Andere türmten sich auf der Plattform vor der Felsspalte auf und schlossen die beiden Jungen hinter einer massiven Mauer regelrecht im Berg ein. Die übrigen Brocken polterten krachend auf den Weg hinunter.

Kein angenehmer Ort für ruhiges Überlegen! Dabei sind gewisse Informationen über das Gespensterschloss, aus dem Archiv und übers Telefon erhalten, genauerer Betrachtung – oder sagen wir: genaueren Hinhörens – durchaus wert: Zum Beispiel die gespenstische Stimme des Anrufers, der Schwierigkeiten hatte, seine Nachricht zu artikulieren ... Und an Justus Jonas' Stelle hätte ich mich auch für den Flüsterer ein wenig mehr interessiert. Auch hier – Verständigungsprobleme?

Der Mann mit der Narbe

Als der ohrenbetäubende Bergrutsch zur Ruhe gekommen war, standen die Jungen in pechschwarzer Finsternis. Die Luft war von trockenem Staub erfüllt.

»Just«, sagte Peter hustend, »hier kommen wir nicht raus. Wir sitzen in der Falle! Wir müssen ersticken.«

»Atme durch dein Taschentuch, bis sich der Staub gelegt hat«, riet Justus. Er tastete in der Dunkelheit nach seinem Freund und legte ihm die Hand auf die Schulter. »Mach dir wegen der Luft keine Sorgen. Die Höhle reicht weit in den Berg hinein, und für uns ist genügend Luft da. Sogar eine Taschenlampe haben wir, dank Skinny Norris.«

»Und dank Skinny Norris sind wir hier!«, rief Peter wütend. »Wenn ich den erwische, drehe ich ihm den Kragen um!«

»Leider können wir ihm nicht nachweisen, dass er die Steine ins Rollen gebracht hat«, sagte Justus.

Bei seinen letzten Worten schnitt die Taschenlampe einen Lichtkegel aus der Finsternis. Langsam ließ ihn Justus über die

Höhlenwände wandern. Sie befanden sich in einer Art Grotte, vielleicht zwei Meter hoch und anderthalb Meter breit. Nach hinten verengte sie sich zu einer schmalen Spalte, die unzugänglich war, obwohl sie sich tief in den Berg zu erstrecken schien.

Wo vorher die Öffnung der Höhle gewesen war, lag jetzt ein großer Felsklotz eingekeilt. Andere Steine waren darauf und daneben aufgetürmt, und Erde füllte die Zwischenräume.

»Unsere Verbindung zur Außenwelt«, stellte Justus fest, »ist total abgeschnitten.«

»Nicht mal jetzt kannst du deine hochgestochenen Reden lassen«, beklagte sich Peter. »Warum sagst du nicht einfach: Wir kommen hier nicht raus? Wir sitzen doch fest.«

»Ich möchte nicht behaupten, dass wir hier nicht rauskommen, weil das noch nicht erwiesen ist«, sagte Justus. »Hilf mir mal! Wir wollen uns gegen die Steine stemmen ... Wenn wir sie wegräumen könnten ...«

Aber es ging nicht. Beide Jungen pressten sich mit ihrem ganzen Körpergewicht gegen die Barrikade – vergebens. Keuchend hielten sie inne, um Atem zu schöpfen.

»Morton wird uns vielleicht suchen«, sagte Peter bedrückt. »Aber er kann uns ja nicht finden. Dann wird er die Polizei und die Pfadfinder alarmieren, und die werden auch suchen. Aber kein Mensch wird uns durch die Steine hier rufen hören, und wenn sie uns finden, ist vielleicht schon eine Woche vergangen. Und dann – Was machst du denn da?«, unterbrach er sich.

Justus Jonas lag auf den Knien und schaute angestrengt in den Hintergrund der Höhle, den er mit der Taschenlampe ausleuchtete.

»Da ist Asche von einem Lagerfeuer unter dem Staub«, sagte er. »Anscheinend hat irgendwann ein Wanderer hier in der Höhle Zuflucht gesucht.«

Er streckte die Hand aus, wischte den Staub an einer Stelle weg und hob einen armdicken, über ein Meter langen Stock vom Boden auf. Das eine Ende war scharf zugespitzt gewesen, aber die Spitze war abgebrochen und verkohlt.

»Und hier«, sagte er, »ist der Stock, mit dem er sich am Feuer etwas gebraten hat. Der kommt uns sehr zustatten.«

Peter sah sich den Stock zweifelnd an. Er hatte sehr lange da gelegen und war alt und morsch. »Damit stemmen wir aber keinen Stein mehr los«, sagte er, »wenn du das meinst.«

»Das meine ich eben nicht«, versicherte Justus.

Wenn Justus einen Plan hatte, behielt er ihn zunächst lieber für sich. Also stellte Peter auch keine Fragen, als Justus sein Taschenmesser mit den acht Klingen vom Gürtel hakte. Er öffnete die große Klinge und nahm sich die Stockspitze vor.

Als er das Ende wieder scharfgeschnitzt hatte, trat er vor die Mauer aus Stein und Schutt, die sie von der Freiheit trennte. Er ließ das Licht sorgfältig über die ganze Fläche schweifen, sah sich eine Stelle dicht an einer Ecke der steinigen Wand genauer an und schob dann die Spitze des Stocks in das Erdreich. Gleich darauf stieß er auf ein Hindernis. Er zog den Stock zurück und probierte es ein paar Zentimeter daneben.

Justus drehte und bohrte behutsam, und die Spitze fand einen Weg zwischen kleineren Steinen. Plötzlich ließ sich der Stock ohne Mühe vorschieben. Justus zog ihn zurück, etwas Erde rieselte aus dem Loch. Aber dann sahen die beiden Jungen eine winzige Öffnung, durch die das Tageslicht fiel.

Justus sondierte neue Stellen in der Wand. Immer wieder stieß sein Stock auf Widerstand, aber er ließ nicht locker. Bald darauf hatte er so viel Erde weggestochen, dass sie ganz oben an der Mauer einen kleineren Stein, etwa so groß wie ein Fußball, fast freigelegt hatten.

»So«, sagte Justus voll Genugtuung, »jetzt drück mal hier links unten gegen den Stein, Peter, aber bitte nicht nach vorn, sondern mehr nach rechts. Ich glaube, mein Plan funktioniert.«

Peter stellte sich auf einen der herumliegenden Felsblöcke, suchte ins Gleichgewicht zu kommen und drückte, wie Justus ihn angewiesen hatte. Erst widerstand der Stein. Dann gab er plötzlich nach und brach aus. Er rollte hügelabwärts und mit ihm ein Dutzend anderer Steine. Zurück blieb ein fast meterhoher Durchbruch im oberen Teil des verschütteten Eingangs.

»Justus, du bist ein Genie!«, rief Peter.

»Hör auf!« Justus zuckte leicht zusammen. »Nenn mich bloß nicht so. Ich bemühe mich lediglich, meine angeborene Intelligenz durch ständiges Üben voll zu entfalten.«

»Na ja«, gab Peter zu. »Aber du hast uns hier rausgeholt – wenigstens ist es gleich so weit, wenn wir durch das Loch gekrabbelt sind.«

Aber als sie endlich draußen waren und sich den Schmutz abwischten, befielen Peter Zweifel. »Du lieber Himmel, wie wir aussehen!«, sagte er. »Wir sind schön zugerichtet!«

»An der nächsten Tankstelle können wir uns ein wenig waschen und unsere Sachen notdürftig saubermachen«, sagte Justus kurz entschlossen. »Und dann fahren wir weiter, zu Mr Rex.«

»Wollen wir denn noch immer zu Mr Rex?«, fragte Peter. Justus ging schon voraus, über das jetzt noch viel steinigere Gelände zur Straße hinunter. Sie steuerten die Stelle an, wo Morton mit dem Wagen wartete.

»Ja«, antwortete der Erste Detektiv. »Jetzt ist es schon zu spät, um bei Tageslicht das Gespensterschloss zu erforschen. Wir haben gerade noch Zeit für den Besuch bei Mr Rex.«

Als die beiden in Sicht kamen, begrüßte Morton sie mit einem Ausruf der Erleichterung. Er musste neben dem Wagen auf und ab gegangen sein. »Gott sei Dank! Ich hatte mir schon Sorgen gemacht. Ist den Herren etwas zugestoßen?«, fragte er mit einem Blick auf Hände, Gesicht und Kleider der Jungen.

»Nicht der Rede wert«, meinte Justus. »Sagen Sie, haben Sie vor vielleicht einer guten halben Stunde zwei Jungen aus dem Schwarzen Canyon kommen sehen?«

»Es war noch etwas länger her«, sagte Morton, als sie in den Wagen stiegen. »Zwei Burschen kamen hier entlang. Als sie mich sahen, wichen sie vom Weg ab und schlugen sich in die Büsche. Sie hatten wohl dort ein Auto geparkt, denn kurz darauf raste ein blauer Sportwagen davon.« Peter und Justus sahen sich an und nickten. Skinny Norris hatte einen blauen Sportwagen.

»Und dann«, fuhr Morton fort, »hörte ich den Bergrutsch. Als Sie nicht mehr auftauchten, fürchtete ich um Ihre Sicherheit. Ich habe strikte Anweisung, den Wagen hier nicht aus den Augen zu lassen, aber wenn Sie jetzt nicht gekommen wären, hätte ich mich auf die Suche gemacht.«

»Sie hörten die Steine erst fallen, nachdem die beiden Jungen weggefahren waren?«, fragte Justus.

»Ohne Zweifel«, erwiderte Morton. »Wohin bitte, die Herrschaften?«

»Obere Talstraße 915«, sagte Justus mechanisch. Peter wusste, was ihm zu schaffen machte. Wenn Skinny Norris und sein Begleiter vor dem Bergrutsch weggefahren waren – wer hatte dann die Steine ins Rollen gebracht und sie in der Höhle eingeschlossen?

Peter sah seinen Freund an. Justus knetete seine Unterlippe und überlegte. »Ich kann mir jetzt erklären, woher die anderen Reifenspuren kamen«, stellte er fest. »Skinny Norris muss sie hinterlassen haben. Aber wen haben wir dann am Berg gesehen, nachdem Skinny und sein Freund weggelaufen waren?«

»Vielleicht war es der große Unbekannte«, sagte Peter. »Auf jeden Fall war es weder Spuk noch Phantom, Geist oder Gespenst.«

»Nein. Ein menschliches Wesen war es ganz sicher«, stimmte Justus zu. »Morton, wenn wir an eine Tankstelle kommen, wollen wir anhalten, damit wir uns waschen können.«

Als sie sich gesäubert hatten und weiterfuhren, ging es in zahlreichen Kurven über die Passhöhe, dann hinunter in das weite Tal. Sie bogen nach rechts ab und entdeckten nach etwa zwei Kilometern den Anfang der Oberen Talstraße. Zuerst war es eine breite, vornehme Straße mit teuren Villen zu beiden Seiten. Sie führte jedoch wieder aufwärts zum Bergkamm, den sie gerade überquert hatten, und wurde schmaler und kurvenreicher. Die Böschung stieg stellenweise fast senkrecht an, hier und da fanden ein Wochenendhäuschen oder ein alter Schuppen an der Straße gerade noch Platz. Immer weiter bergan führte die Talstraße, immer enger wurde sie, bis sie plötzlich vor einer steilen Felswand zu Ende war. Den Abschluss bildete ein kleiner Platz, wo ein Autofahrer den Wagen wenden konnte.

Morton brachte den Wagen mit verblüfftem Gesicht zum Stehen. »Wir sind am Ende der Straße«, sagte er. »Aber ich sehe hier keine menschliche Behausung.«

»Dort ist ein Briefkasten!«, rief Peter. »Darauf steht ›Rex-915‹. Da muss auch irgendwo das Haus sein.«

Er stieg mit Justus aus. Der Pfeiler mit dem Briefkasten lehnte an einem verkrüppelten Strauch. Dahinter führte eine roh behauene Steintreppe durch Buschwerk und junge Bäume die Anhöhe empor. Sie stiegen hinauf und hatten nach wenigen Augenblicken den Wagen tief drunten zurückgelassen.

Dann bogen sie um ein Gebüsch und sahen ein altmodisches Landhaus mit rotem Ziegeldach, das sich an den Hang schmiegte. Neben dem Haus, dicht an der Felswand, standen mehrere

Volieren, und darin flogen und flatterten hunderte von Sittichen mit unaufhörlichem Gekreische von Stange zu Stange.

Die Jungen blieben stehen, um die leuchtend bunten Vögel in den Käfigen zu betrachten. Da hörten sie Schritte hinter sich.

Sie drehten sich um und starrten erschrocken den Mann an, der da den Weg entlangkam. Er war groß und kahlköpfig. Seine Augen verbarg eine dunkle Brille, eine fahle Narbe zog sich von einem Ohr bis fast zum Brustbein über seine Kehle.

Seine Stimme war ein drohendes Flüstern. »Bleibt stehen, wo ihr seid! Rührt euch nicht von der Stelle, hört ihr?«

Die beiden erstarrten, als er auf sie zukam. In der linken Hand schwang er ein langes Buschmesser, dessen scharfe Klinge in der Sonne blitzte.

Gespenster, Gespenster

Der große Mann mit der Narbe am Hals schritt rasch auf die Jungen zu. »Stehen bleiben!«, flüsterte er. »Keine Bewegung, wenn euch euer Leben lieb ist!«

Peter fand den Befehl überflüssig. Er war wie gelähmt. Dann sauste das Messer zwischen ihm und Justus durch die Luft.

Dicht hinter ihnen blieb es im Boden stecken, und dem Mann mit der Glatze entfuhr ein enttäuschter Ausruf. »Verfehlt!«, sagte er. Er nahm die dunkle Brille ab und sah sie mit recht freundlichen blauen Augen an. Jetzt sah er gar nicht mehr so sehr zum Fürchten aus. »Da war eine Schlange im Gras hinter euch«, sagte er. »Ich weiß nicht, ob es eine Klapperschlange war, jedenfalls gibt es hier welche. Ich wollte sie mit dem Messer töten, aber ich hatte nicht sorgfältig genug gezielt.«

Er zog ein rot-weißes Taschentuch hervor und wischte sich über die Stirn. »Ich habe das Buschwerk geschnitten«, sagte er. »Dieses trockene Zeug ist feuergefährlich. Aber es war eine Plackerei bei der Hitze. Trinkt ihr eine Limonade mit mir?«

Sein heiseres Flüstern erschien den Jungen jetzt ganz normal. Sie erklärten es sich als Folge der Verletzung, die an seinem Hals die lange Narbe hinterlassen hatte.

Jonathan Rex ging voran ins Haus. In einem Raum mit einer großen Fensterwand standen Gartensessel und ein Tisch. Eiswürfel schwammen in einem großen Saftkrug. Hinter den Glasscheiben sah man die Vogelkäfige.

»Ich züchte Sittiche. Ganz einträglich«, erklärte Mr Rex, während er drei Gläser mit Limonade füllte. Dann entschuldigte er sich für einen Augenblick und ging ins Nebenzimmer.

Justus schlürfte gedankenvoll seine Limonade: »Was hältst du von Mr Rex?«, fragte er.

»Na, er scheint ganz nett zu sein«, gab Peter zurück. »Das heißt, wenn man sich an seine Stimme gewöhnt hat.«

»Ja, er ist sehr liebenswürdig. Aber ich frage mich, warum er sagte, er habe im Gebüsch gearbeitet. Seine Hände und Arme waren sauber. Wenn er trockenes Buschwerk geschnitten hätte, wären sie voll Zweig- und Rindenstückchen gewesen.«

»Aber warum sollte er sich das für uns beide ausgedacht haben? Er kennt uns ja überhaupt nicht.«

Justus schüttelte den Kopf. »Keine Ahnung. Aber wenn er wirklich schon einige Zeit an der Arbeit war – wie kommt dann ein Krug mit Limonade und frischen Eiswürfeln hierher?«

»Mensch, du hast recht!«, rief Peter. »Aber dafür gibt es sicher eine Erklärung. Vielleicht trinkt er eben gern Limonade.«

»Eine Erklärung lässt sich für alles finden. Nur weiß man oft nicht, ob es die richtige ist.«

Justus verstummte, als Jonathan Rex wieder ins Zimmer trat. Er hatte ein Sporthemd mit Kragen angezogen und schlang sich gerade ein Tuch um den Hals.

»Manche Leute stört der Anblick meiner Narbe«, flüsterte er. »Deshalb verberge ich sie, wenn Besuch kommt. Sie stammt von einem kleinen Kratzer, den ich vor vielen Jahren auf den Malaiischen Inseln abbekommen hatte. Aber nun sagt mal, wie kommt ihr ausgerechnet hierher?«

Justus zog eine der Geschäftskarten hervor. Mr Rex betrachtete sie. »Die drei Detektive, aha«, sagte er. »Und womit befasst ihr euch?« Während Justus erklärte, dass sie ihm ein paar Fragen über Stephan Terrill stellen wollten, griff Rex nach seiner Sonnenbrille, die er auf den Tisch gelegt hatte. »Meine Augen sind so lichtempfindlich«, flüsterte er. »Bei Nacht sehe ich am besten ... Was wollt ihr denn über meinen alten Freund Stephan Terrill wissen?«

»Es interessiert uns«, sagte Justus, »ob es Mr Terrill zuzutrauen wäre, dass er als rachsüchtiger Geist in seinem früheren Haus spukt, um die Leute zu vertreiben.«

Der durchdringende Blick hinter der dunklen Brille schien Justus und Peter aufmerksam zu mustern.

»Das ist eine gute Frage«, sagte der Mann. »Ich möchte sie so beantworten: Stephan war trotz seiner Filmrollen – all die Phantome und Ungeheuer, Piraten und Scheusale – ein sehr schüchterner und liebenswürdiger Mensch. Deshalb brauchte er mich als Manager. Es kostete ihn zu viel Überwindung, Verhandlungen zu führen. Seht euch das Bild hier an.«

Er griff nach einem großen gerahmten Foto, das hinter ihm auf einem Tisch stand. Die Jungen betrachteten es: Es zeigte zwei Männer unter einer Tür, die einander die Hände reichten. Einer der beiden war der Flüsterer. Der andere war nicht so groß und sah jünger aus. Es war offenbar das Original des Bildes, das sie bei Bobs Notizen gesehen hatten.

Das Bild trug eine Widmung: »*Meinem guten Freund Jonathan Rex von Stephan.*«

»Da seht ihr«, sagte Mr Rex, »warum ich mich um das Geschäftliche kümmern musste. Ich kam mit den Leuten gut zurecht – bei mir wurde keiner unverschämt. Stephan konnte sich so ganz seinen Rollen widmen. Er nahm das sehr ernst. Er genoss es, dem Publikum Angst und Schrecken einzujagen. Dass seine unzulängliche Stimme seinen letzten Film zum Heiterkeitserfolg machte, brach ihm das Herz. Eines konnte er nicht ertragen: dass man ihn auslachte. Ihr solltet das begreifen.«

»Gewiss«, sagte Justus. »Ich kann mir denken, wie ihm zumute war. Ich hasse es auch, wenn man über mich lacht.«

»Siehst du«, flüsterte der Mann. »Als der Film angelaufen war, verließ Stephan wochenlang nicht sein Haus. Er kündigte auch dem Personal. Ich musste alle Besorgungen machen. Immer wieder wurde berichtet, dass in den Kinos Lachstürme ausbrachen, wenn der Film gezeigt wurde. Ich versuchte ihn zu überreden, dass er es vergessen müsse, aber er kam nicht davon los. Schließlich trug er mir auf, alle Kopien seiner alten Filme aufzukaufen. Er wollte, dass niemand sie mehr zu Gesicht bekäme. Ich trieb auch alle auf, für ein Heidengeld, und brachte sie ihm. Dann musste ich ihm sagen, dass die Bank, die ihm für den Hausbau ein Darlehen gewährt hatte, das Schloss als Sicherheit übernehmen wollte. Er war ja noch jung und hatte geglaubt, noch viele Filme drehen zu können, deshalb besaß er fast keine Ersparnisse.

Wir standen damals in der Halle. Er sah mich wild an. ›Niemals bringen sie mich von hier weg‹, sagte er. ›Was auch mit meinem Körper geschieht – mein Geist wird dieses Haus niemals verlassen.‹«

Der Mann mit der Flüsterstimme schwieg. Die blanken Gläser der Sonnenbrille wirkten wie die Augen eines fremdartigen Geschöpfes.

Peter schauderte. »Allerhand!«, sagte er. »Das klingt ganz, als hätte er vorgehabt, der Geisterwelt beizutreten.«

»Oh ja«, stimmte Justus zu. »Aber Sie sagen da, Mr Rex, dass Mr Terrill ein sehr liebenswürdiger Mensch war. Ein solcher Mann würde sich doch kaum in einen bösen Geist verwandeln und jedem Besucher des Schlosses einen so unsinnigen Schrecken einjagen.«

»Ganz recht, mein Junge«, sagte der Mann. »Aber weißt du, die unsichtbare Macht, die bei allen solches Entsetzen hervorruft, ist vielleicht gar nicht der Geist meines alten Freundes. Sie kann auch von einem der anderen, schlimmeren Geister herrühren. Ich vermute, dass sie jetzt dort umgehen.«

»Andere –«, Peter schluckte mühsam, »– schlimmere Geister?«

»Ja. Es gibt nämlich zwei Möglichkeiten«, sagte Rex. »Ihr wisst doch sicher, dass Stephan Terrills Wagen am Fuß einer Felsenklippe gefunden wurde?«

Die beiden nickten.

»Und ihr habt wohl auch von der Notiz gehört, die er im Schloss zurückließ – von dem ewigen Fluch?«

Wieder nickten die Jungen, den Blick starr auf Jonathan Rex geheftet.

»Die Polizei«, fuhr Rex fort, »war davon überzeugt, dass mein Freund mit Absicht über die Klippe gefahren war, und ich glaube selbst, dass das stimmt. Jedenfalls sah ich Stephan nach dieser letzten Unterhaltung, von der ich euch eben erzählte, nicht wieder. Er schickte mich damals weg und nahm mir das Versprechen ab, dass ich das Haus nie mehr betreten werde. Welche Gedanken bewegten ihn wohl ganz zuletzt, als er jenen Zettel schrieb? Seine Lebensaufgabe war ja, die Leute zu ängstigen. Jetzt lachten sie über ihn. Könnte er nicht beschlossen haben, nach seinem Tod neuen Schrecken zu verbreiten – und wäre es auch nur, um zu beweisen, dass man nicht ungestraft über ihn lacht?«

»Sie sprachen von zwei Möglichkeiten«, erinnerte Justus den kahlköpfigen Mann, der nun nachdenklich schwieg. »Und sie sagten etwas von anderen, schlimmeren Geistern.«

»Ja, richtig. Als Stephan das Schloss baute, ließ er aus aller Welt Bauteile von Häusern herbeischaffen, in denen es angeblich spukte. Aus Japan bekam er Balken von einem uralten, von Gespenstern heimgesuchten Tempel, in dem eine adelige

Familie bei einem Erdbeben umgekommen war. Anderes Holz erwarb er von einem verfallenen Herrensitz in England, wo sich ein schönes junges Mädchen erhängt hatte, um nicht den Mann heiraten zu müssen, den ihr Vater für sie ausgesucht hatte. Und dann ließ er noch Steine von einem Schloss am Rhein kommen, wo der Geist eines wahnsinnigen Spielmanns umgehen sollte. Es hieß, dass der Spielmann beim Schlossherrn mit seiner Kunst in Ungnade gefallen war und viele Jahre im Verlies gefangen gehalten wurde. Nach seinem Tode drangen oft die Klänge jener Melodie, die ihn in den Kerker gebracht hatte, aus dem Tanzsaal des Schlosses.«

»Du meine Güte!«, rief Peter. »Wenn all diese Typen jetzt im Gespensterschloss herumgeistern, wundert es mich nicht, dass der Aufenthalt dort so unangenehm ist.«

»Vielleicht sind sie wirklich dort – vielleicht auch nicht«, flüsterte Jonathan Rex. »Ich weiß nur, dass selbst Landstreicher, Stromer und Diebe einen weiten Bogen um das Gespensterschloss machen. Einmal im Monat fahre ich über die Berge und wandere den Weg zum Schloss hinauf, um zu sehen, in welchem Zustand das Denkmal meines alten Freundes ist. In all den Jahren habe ich aber nirgends in der Umgebung Spuren solcher Leute entdeckt.«

Justus nickte. Das entsprach auch seinen und Peters Beobachtungen. Er sah keinen Grund zu erwähnen, dass jemand – wer es auch immer gewesen sein mochte – Steine auf sie herabgerollt hatte.

»Was soll man von den Zeitungsmeldungen halten, in denen

von der seltsamen Musik aus Mr Terrills Orgel und von einem blauen Phantom die Rede war?«, fragte er.

»Das weiß ich nicht. Ich habe das blaue Phantom nie gesehen. Ich weiß nur, dass Stephan kurz vor seinem Tod erwähnte, er habe mehrmals geheimnisvolle Musik aus der Orgel in seinem Kinosaal gehört. Um sicherzugehen, verschloss er die Tür und schaltete den Strom am elektrischen Blasebalg ab. Die Musik war aber immer noch zu hören. Erst wenn er ins Zimmer trat, verstummte sie.«

Peter schluckte hörbar.

Mr Rex nahm seine Brille ab und blickte die Jungen an. »Ich kann es nicht beschwören, dass im Gespensterschloss mein alter Freund oder sonst ein Wesen als Geist umgeht«, flüsterte er. »Aber ich selbst würde dort nicht für zehntausend Dollar eine Nacht verbringen.«

Ein folgenschwerer Fehltritt

»Justus!« Mathilda Jonas stand in der Sonne und erteilte Befehle. »Staple die Eisenstangen hier am Zaun! Peter! Hilf Justus beim Tragen. Bob, machst du den Wareneingang?«

Es gab an diesem Tag viel Arbeit bei der Firma Jonas. Bob saß auf einer umgestürzten Badewanne und kontrollierte die Stückzahl auf den Lieferscheinen. Er fragte sich, ob sie sich wohl irgendwann in der Zentrale treffen könnten. Es war jetzt zwei Tage her, seit Justus und Peter den »Flüsterer« interviewt hatten, und noch immer hatten sie nicht ungestört zusammenkommen können. Mrs Jonas spannte sie tüchtig ein. Und wenn sie einmal keine Arbeit für die Jungen hatte, musste Bob in der Bücherei und Peter zu Hause helfen.

Mr Jonas war auf Einkaufstour gewesen, und die Neuzugänge wollten kein Ende nehmen. Wenn das so weiterging, konnte noch eine Woche verstreichen, bis sie Zeit fanden, über den neuen Rätseln zu brüten.

Gegen Mittag gab es eine Pause, als Mrs Jonas aufblickte

und den großen Lastwagen der Firma auf den Hof einbiegen sah.

Justs Onkel, Titus Jonas, ein kleiner Mann mit langer Nase und gewaltigem schwarzen Schnurrbart, thronte wie ein König oben auf der Fracht: Er saß in einem wunderbar geschnitzten alten Stuhl. Wenn Mr Jonas auf Einkaufsreise ging, erwarb er alles, was ihm gefiel. Mrs Jonas stieß einen kleinen Schrei aus, als der Wagen hielt. »Grundgütiger Himmel!«, rief sie. »Titus Andronicus Jonas, was hast du diesmal wieder gekauft? Du bringst uns noch alle an den Bettelstab!«

Mr Jonas winkte ihnen mit seiner Pfeife zu. Mit der anderen Hand hielt er ein fächerförmig geordnetes Bündel Metallröhren fest – Zubehör einer zwei Meter hohen Heimorgel. »Ich habe eine Orgel gekauft, Mathilda«, rief Mr Jonas vom Wagen herunter. Er hatte eine tiefe Bassstimme. »Ich will Orgelspielen lernen. Los, Patrick, Kenneth, wir müssen dieses wertvolle antike Instrument sicher herunterbringen.«

Mr Jonas sprang wie ein Junge vom Wagen. Patrick folgte, und Kenneth schob die Orgel auf die hinten an der Ladefläche angebrachte Hebevorrichtung. Als das Instrument sicher stand, betätigte Patrick die Steuerung, und der Aufzug senkte sich behutsam zur Erde.

»Eine Orgel!« Mathilda Jonas war so verblüfft, dass sie ganz vergaß, die Jungen zur Arbeit anzuhalten. »Bei allen guten Geistern, was willst du mit einer Orgel?«

Mr Jonas zog an seiner Pfeife. »Spielen lernen, meine Liebe«, sagte er. »Schließlich habe ich einmal im Zirkus Leierkasten gespielt.« Er gab die Kommandos, und Patrick und Kenneth hoben die übrigen Teile der Orgel vom Wagen. Die beiden waren so kräftig, dass sie dazu den Aufzug nicht mehr brauchten. Dann entschied Mr Jonas, dass die Orgel am Zaun dicht neben dem Haus aufgestellt werden sollte. Patrick und Kenneth hoben, schleppten, zogen, und endlich waren alle Bestandteile des Instruments beieinander und warteten nur noch aufs Zusammensetzen.

»Das ist eine richtige Orgel mit Blasebalg«, erklärte Mr Jonas stolz den Jungen. »Ich habe das Prachtstück in der Nähe von Los Angeles, in einem kleinen Theater entdeckt, das gerade abgerissen wurde.«

»Du liebe Güte«, seufzte Mrs Jonas. »Ich bin bloß froh, dass die Nachbarn so weit weg wohnen.«

»Aber stellt euch mal eine wirklich große Orgel vor«, sagte Mr Jonas. »Man kann in so eine Orgel Pfeifen von solcher Länge und so großem Durchmesser einbauen, dass ihre Töne vom menschlichen Ohr gar nicht mehr gehört werden können.«

»Kann man Töne, die man nicht hören kann, überhaupt so nennen, Onkel Titus?«, fragte Justus.

»Andere Wesen können sie hören – vielleicht Elefanten. Die haben ja sehr große Ohren«, sagte Mr Jonas schmunzelnd.

»Was würde eine Orgel nützen, deren Töne man nicht hören kann?«, fragte Peter. »Ich meine, ein Elefant wird sich das Orgelspiel wohl kaum anhören.«

»Weiß ich nicht, mein Junge, weiß ich nicht«, sagte Titus Jonas. »Ich könnte mir denken, dass die Wissenschaft dafür

Verwendung finden würde, wenn sie sich ernsthaft damit beschäftigte.«

»Übrigens«, bemerkte Bob, »gibt es für Hunde Pfeifen, die wir nicht hören. Ihr Ton ist für uns zu hoch.«

»Stimmt, mein Junge«, sagte Mr Jonas. »Vielleicht könnte man im Zirkus Pfeifen für Elefanten machen, die genau das Gegenteil der Hundepfeifen sind: mit ganz tiefen Tönen statt der hohen.«

»Gewissermaßen Infraschall«, warf Just ein. »Töne, oder besser Schwingungen, die zu langsam sind, um gehört zu werden, liegen unterhalb der Hörschwelle oder Schallgrenze. Töne, die für das menschliche Ohr zu hoch sind, nennt man Ultraschall.«

Äußerst interessant, diese knappe Lektion in Akustik ... Ich kann Justus Jonas einen recht beachtlichen naturwissenschaftlichen Bildungsgrad nicht absprechen. Offensichtlich hat er den Wert außerdienstlicher Übungen erkannt und beginnt zu ahnen, dass der geschulte Detektiv hin und wieder Phänomene zu untersuchen hat, die den im Dunkeln tappenden Laien leicht ins Bockshorn jagen.

Alle waren so mit der Orgel beschäftigt, dass niemand von dem blauen Sportwagen Notiz nahm, der durch das Einfahrtstor raste und hinter ihnen scharf bremste. Der Fahrer, ein großer magerer Bursche mit blassem Gesicht, drückte kräftig auf die Hupe. Die drei Jungen fuhren erschrocken herum. Der Kerl am

Steuer und seine beiden Mitfahrer quittierten das mit lautem Gelächter.

»Skinny Norris!«, rief Peter, als er den langen Burschen aussteigen sah.

»Was will denn der hier?«, fragte Bob.

Skinnys Familie verbrachte jedes Jahr nur kurze Zeit in Rocky Beach, aber für Peter, Bob und Just war diese Zeit immer noch zu lang. Da Skinny Norris viel von seinen geistigen Fähigkeiten hielt und den Vorzug genoss, einen Wagen zu besitzen, war er sehr darauf bedacht, eine führende Rolle zu spielen. Die meisten Jungen und Mädchen der Stadt wollten nichts von ihm wissen. Aber er hatte es geschafft, ein paar Getreue um sich zu scharen, die seine finanzielle Großzügigkeit und seine Partys zu schätzen wussten.

Skinny ging mit einer zugedeckten Schuhschachtel auf die drei Detektive zu, während seine Freunde mit wieherndem Gelächter zuschauten. Kurz bevor er die Gruppe erreicht hatte, zog er ein dickes Vergrößerungsglas aus der Hosentasche und tat, als betrachte er das Anwesen. Mr Jonas und die beiden Iren waren inzwischen mit den Orgelteilen weitergegangen.

»Siehe da«, sagte er in einem missglückten Versuch, sich gewählt auszudrücken. »Hier muss es sein. Kennzeichen: Uraltes Gerümpel, wie man es nur bei Jonas' Schrotthandel findet.«

Dieser humoristischen Darbietung folgte vom Wagen her beifälliges Gelächter.

Peter ballte die Fäuste. »Was willst du, Skinny?«, fragte er.

Skinny Norris tat, als habe er nichts gehört. Er richtete das Vergrößerungsglas auf Justus und schien ihn angestrengt zu betrachten, dann steckte er das Glas wieder ein. »Wahrhaftig, Sie können kein anderer sein als Justus MacSherlock, der weltberühmte Detektiv«, sagte er affektiert. »Ich habe Ihnen einen Fall vorzulegen, vor dem selbst Scotland Yard kapituliert hat: ein schändlicher Mord, begangen an einem unschuldigen Opfer, den Sie sicherlich aufklären können.«

Schon als er Justus die Schuhschachtel übergab, wussten die drei Detektive, was sich darin befand. Ihr Geruchssinn verriet es ihnen.

Dennoch öffnete Justus die Schachtel und besah sich den Inhalt, während Skinny mit breitem Grinsen dabeistand.

In der Schachtel lag eine große weiße Ratte, die ihr Leben schon lange ausgehaucht hatte.

»Glauben Sie, dass Sie dieses grässliche Verbrechen aufklären können, MacSherlock?«, fragte Skinny Norris. »Ich habe eine angemessene Belohnung dafür ausgesetzt, dass der Schuldige gefasst wird. Fünfzig Briefmarken aus meiner Sammlung.«

Seine Freunde im Wagen fanden das anscheinend sehr lustig. Justus verzog keine Miene. Er nickte nur, bedächtig und würdevoll.

»Ich kann verstehen, dass du den Täter seiner gerechten Strafe zugeführt sehen willst, Skinny«, sagte er. »Denn augenscheinlich gehörte das Opfer zu deinem engsten Freundeskreis.«

Das Lachen vom Wagen her verstummte, und das Gesicht des mageren Jungen rötete sich.

»Soviel sich erkennen lässt«, fuhr Justus fort, »starb das Opfer an einer Verdauungsstörung, die wahrscheinlich davon herrührte, dass es die dicken Prahlereien einer gewissen Person – wir müssen sie vorläufig S. N. nennen – nicht schlucken konnte.«

»Du hältst dich wohl für sehr witzig?«, fragte Skinny Norris verärgert. Es war sein Pech, dass ihn seine böse Zunge immer dann im Stich ließ, wenn er sie am meisten gebraucht hätte.

»Da fällt mir ein, dass ich auch etwas für dich habe«, sagte Justus und legte die Schachtel auf einen Haufen Gerümpel. Bis zu Mr Jonas' Büro waren es nur wenige Schritte. Just ging rasch hinein und kam mit der Taschenlampe zurück, die er und Peter im Schwarzen Canyon gefunden hatten.

»Hier steht ein Monogramm – S. N.«, sagte er. »Möglicherweise heißt das Skinny Norris?«

»Oder es bedeutet ›Schreckensbleiches Nervenbündel‹«, schlug Peter grinsend vor. »Mal wieder Kurzstreckenlauf geübt, Skinny?«

»Her damit!«, fauchte der Junge und entriss Justus die Lampe. Er drehte sich um und lief zum Wagen. »Detektive!«, rief er höhnisch zu den drei Jungen hinüber. »Dass ich nicht lache. Das ist ein gefundenes Fressen für die ganze Stadt!«

Die Reifen quietschten, als der Wagen im Rückwärtsgang zum Tor hinausschoss. Justus, Peter und Bob sahen ihm nach.

»Er hat also doch unsere Karte in der Bücherei geklaut«, sagte Bob. »Und nun weiß er, dass wir die drei Detektive sind.«

»Das soll auch jeder wissen«, entgegnete Justus. »Es ist jetzt nur umso wichtiger, dass wir bei unserem ersten Fall nicht versagen.«

Er schaute sich um. Sein Onkel war mit Patrick und Kenneth drüben an der Mauer, sie bastelten an der Orgel herum. Seine Tante war ins Haus gegangen, um das Essen zu richten.

»Jetzt sieht uns gerade niemand«, sagte er. »Wenn wir uns beeilen, können wir eine kurze Lagebesprechung abhalten, ehe Tante Mathilda zum Essen ruft.«

Er ging voraus, in Richtung Tunnel II.

Und da passierte es.

In seine Gedanken vertieft trat Justus auf ein Stück Rohr, das unter seinem Fuß wegrollte. Er stürzte heftig. Als er sich mühsam hochrappelte, sahen Bob und Peter, wie er die Zähne zusammenbiss.

»Ich habe mir den Knöchel verstaucht«, sagte er. Und als er sein Hosenbein hochzog, um nachzuschauen, sahen sie, dass das Gelenk bereits anschwoll. »Ich vermute«, sagte Justus widerstrebend, »ich muss mich in ärztliche Behandlung begeben.«

Die Warnung der Wahrsagerin

So ein Pech!

Es war zwei Tage nach Justs Unfall. Sein Onkel Titus hatte ihn sofort ins Krankenhaus gefahren, wo man ihn einen ganzen Tag lang zu Röntgenuntersuchungen dabehalten hatte. Dann hatte man ihm noch Fußbäder verabreicht und ihn nach Hause geschickt.

Dr. Altman sagte, Just werde demnächst wieder herumhumpeln können. Der Arzt wünschte sogar, dass er den Knöchel so bald wie möglich wieder bewegte.

Aber einstweilen lag Justus im Bett und hatte den Fuß mit rund zwei Kilometer Binden umwickelt.

Und Mr Hitfield fand vielleicht gerade ein anderes Spukhaus für seinen Film.

Es sah so aus, als müssten die drei Detektive aufgeben, noch ehe sie richtig angefangen hatten.

Peter und Bob saßen am Bett ihres Freundes und waren ganz geknickt.

»Tut es weh?«, fragte Peter, als Justus sich bewegte und dabei das Gesicht verzog.

»Nicht mehr, als ich es verdiene«, sagte Justus. »Es war Leichtsinn. Aber jetzt wollen wir in unserer Besprechung fortfahren. Der erste Punkt der Tagesordnung ist der geheimnisvolle Anruf, der uns gleich nach unserem ersten Besuch im Gespensterschloss erreichte. Morton war doch der Meinung, dass uns an diesem Abend jemand verfolgt habe. Das war sicherlich Skinny Norris.«

»Das wäre ihm ja auch sehr leicht möglich gewesen«, sagte Bob. »Skinny wusste, dass uns das Haus interessierte.«

»Aber Skinny hätte seine Stimme am Telefon nicht so verstellen können«, warf Peter ein. »Es klang so leise und dumpf. Skinnys Stimme ist mehr wie das Wiehern eines Ponys.«

»Da gebe ich dir recht«, sagte Justus. »Aber es ist die einzige Möglichkeit, auf die ich bis jetzt gekommen bin.« Er veränderte die Lage seines Beines und schnitt eine Grimasse. »Bis mich jemand eines Besseren belehrt«, setzte er hinzu, »glaube ich einfach nicht, dass körperlose Phantome telefonieren können.«

»Na schön«, gab Bob nach. »Und weiter? Wie steht es mit dem geheimnisvollen Jemand, der die Steine auf euch herabrollte?« »Ja«, sagte Peter grimmig, »wie steht es mit ihm? Den würde ich mir gern mal vornehmen!«

»Im Augenblick lässt er mich völlig kalt«, sagte Justus. »Wir wissen heute, dass es bestimmt nicht Skinny Norris war. Vielleicht hat er mit dem Fall gar nichts zu tun. Vielleicht war es ein Kind oder ein Spaziergänger, der die Steine unabsichtlich ins Rollen gebracht hat.«

»Aber für einen Zufallstreffer war die Lawine viel zu gut gezielt«, murmelte Peter.

»Hier müssen wir ein Fragezeichen stehen lassen, bis wir mehr Tatsachenmaterial haben. Ich denke gerade daran, wie Mr Rex uns belogen hat, als Peter und ich bei ihm waren. Warum sagte er, er habe mit dem Messer im Gebüsch gearbeitet, wo es doch offensichtlich nicht stimmte? Und warum hatte er den Krug mit Limonade bereitstehen, als habe er genau zu dieser Zeit Besuch erwartet?«

Vor diesen beiden Fragen mussten alle drei die Waffen strecken. Peter kratzte sich am Kopf. »Verflixt!«, sagte er. »Je tiefer wir eindringen, umso mehr Rätsel tauchen auf.«

In diesem Moment kam Tante Mathilda hereingestürzt. »Ich wollte es euch schon früher erzählen«, sagte sie. »Gestern Morgen ist etwas Verrücktes passiert, Just – ehe du aus dem Krankenhaus zurückkamst. In der Aufregung hatte ich es ganz vergessen.«

»Etwas Verrücktes?«, fragte Justus, und alle drei spitzten die Ohren.

»Eine alte Wahrsagerin kam an die Haustür. Vielleicht sollte ich euch gar nicht sagen, was sie dahergeredet hat.«

»Aber ich möchte es wirklich gern wissen, Tante Mathilda.«

»Nun ja – es war sowieso Unsinn. Aber diese verschrumpelte alte Frau sagte in ihrem fürchterlichen Kauderwelsch, sie hätte von deinem Unfall gehört und wollte dich warnen.«

Warnen! Eine alte Wahrsagerin! Die Jungen sahen einander an.

»Jedenfalls«, sagte Mrs Jonas, »verstand ich schließlich, dass sie sich die Karten gelegt und dreimal etwas daraus gelesen habe. Es war jedes Mal dieselbe Botschaft: Du solltest dich vor den Buchstaben GS hüten oder vor jemandem, dessen Name damit anfängt. An deinem Unfall sei GS schuld, und GS würde dir noch weiteren Schaden zufügen, wenn du dich nicht vor ihm in Acht nehmen würdest. – Ich lachte natürlich und sagte, sie habe schon recht – GS könnte ja irgendwas heißen, meinetwegen ›giftige Spinne‹, und da ging sie weg. Die Ärmste sah so uralt und wirr aus, dass ich fast glaube, sie war nicht ganz richtig im Kopf.«

Damit ging Mrs Jonas aus dem Zimmer und ließ die drei Jungen allein. Sie wechselten stumme Blicke.

Ein neues Gesicht, ein neuer rätselhafter Auftritt. Wie viele Personen mögen wohl noch in das Geheimnis verwickelt sein und im Umkreis des Gespensterschlosses eine Rolle spielen? Wir wollen sehen, welchen Verdacht die drei Detektive haben.

»GS –«, sagte endlich Bob mit dumpfer Stimme. »Gespensterschloss ...«

»Vielleicht hat Skinny Norris die Alte hergeschickt«, überlegte Justus. »Nur hat Skinny gar nicht so viel Fantasie. Mir eine tote Ratte zu bringen, na ja – mehr traue ich ihm nicht zu.«

»Irgendjemand –«, fing Peter an, »– Verzeihung, irgendetwas will verhindern, dass wir uns mit dem Gespensterschloss beschäftigen. Erst kommt die unheimliche Warnung durchs Telefon. Dann müssen die Karten einer Wahrsagerin herhalten, um uns eine zweite Warnung zu schicken. Ich glaube, das ist kein Jux mehr. Deshalb schlage ich vor, dass wir abstimmen, ob wir lieber doch vom Gespensterschloss wegbleiben, wie es uns nahegelegt wird. Wer dafür ist, hebt die Hand.«

Bobs Hand ging hoch. Peter ließ seine Hand folgen. »Die Mehrheit ist dafür.«

Justus sah seine Freunde an. »Wollt ihr, dass sich Skinny Norris ins Fäustchen lacht?«, fragte er. »Vorläufig ist er felsenfest davon überzeugt, dass wir als Detektive nichts taugen. Und er wird es bald an die große Glocke hängen. Deshalb müssen wir hier schnellstens handeln. Fällt euch übrigens nicht auf«, fügte er hinzu, »dass diese Warnungen den Fall um ein neues Rätsel bereichern?«

»Wie meinst du das?«, fragte Peter.

»Niemand, der früher das Schloss untersuchte, hat eine Warnung erhalten. Wir sind die Ersten, denen geraten wurde, wegzubleiben. Ich schließe daraus, dass wir der Entschleierung des Geheimnisses näher sind, als wir vermuten.«

»Aber selbst wenn das stimmte«, warf Peter ein, »was nützt es uns? Du liegst hier, und wir können nichts unternehmen, ehe du wieder auf den Beinen bist.«

»Das entspricht nicht ganz den Tatsachen«, sagte Justus. »Als ich gestern Nacht dalag und nicht schlafen konnte, habe ich einen weiteren Schlachtplan entwickelt. Ihr zwei müsst die Forschungen im Gespensterschloss ohne mich weitertreiben, während ich hier im Bett über die verschiedenen Rätsel nachdenke, die wir lösen müssen.«

»Ich ins Gespensterschloss!«, schrie Bob. »Mir reicht es schon, wenn ich die Berichte darüber lesen muss.«

»Ich erwarte von euch natürlich nicht, dass ihr große Entdeckungen macht«, sagte Justus. »Aber ich hoffe, dass ihr nacheinander das Gefühl des vagen Unbehagens, der unerträglichen Beklemmung und der panischen Angst erfahren werdet. Wenn ihr dann diese Empfindungen spürt, so müsst ihr prüfen, wie weit sie reichen.«

»Wie weit?« Peters Stimme überschlug sich. »Letztes Mal spürte ich sie von Kopf bis Fuß, durch Mark und Bein. In jeder Nervenfaser, wenn du es genau wissen willst. Wie stellst du dir das vor – dass vielleicht meine rechte Hand vor Angst zittert und meine linke nicht?«

»Ich meine, in welcher Entfernung vom Gespensterschloss ihr das Angstgefühl spürt«, erklärte Justus. »Wenn ihr wieder dort weggeht – in welcher Entfernung von dem Haus seid ihr an dem Punkt, wo euch das Grauen verlässt? Das will ich wissen.«

»Letztes Mal reichte es ungefähr zwanzig Kilometer«, sagte Peter. »Bis ich daheim in meinem Bett lag.«

»Diesmal tut mir bitte den Gefallen und geht schön langsam und gemessen, wenn ihr irgendwie Furcht, Pein, Schrecken oder nahende Bedrohung spürt. Und haltet öfters an, damit ihr feststellen könnt, ob die Empfindung nicht nachlässt.«

»Langsam!« Peter stieß ein hohles Lachen aus. »Gemessen ...«

»Vielleicht spürt ihr auch gar nichts«, sagte Justus noch, »denn morgen solltet ihr bei Tag hingehen. Diesmal sollt ihr das Haus untersuchen, solange es noch hell ist. Wenn ihr Lust dazu habt, könnt ihr euch ja drinnen ganz dicht hinter die Tür stellen, bis es Nacht wird, und abwarten, ob das Angstgefühl dann auftritt.«

»Nicht der Rede wert«, meinte Peter zu Bob. »Nur ganz dicht hinter die Tür stellen ...«

Bob stieß einen Seufzer der Erleichterung aus. »Ohne mich«, sagte er. »Ich muss morgen in der Bücherei arbeiten. Und übermorgen auch.«

»Da fällt mir ein, dass ich auch was anderes vorhabe«, sagte Peter. »Zu dumm, aber ich glaube, das wird sich morgen nicht machen lassen.«

Justus Jonas knetete seine Unterlippe und ließ seinen Denkapparat auf Hochtouren laufen. Dann nickte er. »In diesem Fall«, meinte er, »müssen wir es eben anders anfangen.«

»Genau das wollten wir auch vorschlagen«, sagte Peter.

»Es ist noch ein paar Stunden lang hell«, sagte Justus. »Da müsst ihr eben früh zu Abend essen und euch heute noch zum Gespensterschloss aufmachen.«

Dieser Justus hat schon seinen eigenen Kopf. Sein Beharren erinnert mich an jene zielbewusste Gründlichkeit, mit der ein Forscher ein wichtiges Experiment vorbereitet.

Das blaue Phantom

»Verflixt«, sagte Peter, »warum muss Justus immer das letzte Wort haben?«

»Das frage ich mich auch«, antwortete Bob.

Vor ihnen ragte das Gespensterschloss hoch oben am Abhang des Canyons auf. Seine Türme, seine zerborstenen Fensterscheiben und der Bewuchs von wildem Wein waren in der Abendsonne klar und deutlich zu sehen.

Bob fröstelte. »Wollen wir hinein?«, fragte er. »In zwei Stunden geht die Sonne unter. Dann wird es schnell dunkel.«

Peter sah auf die abschüssige, steinbedeckte Straße zurück. Hinter der letzten Biegung wartete Morton im Wagen auf sie. Er hatte Bob noch über die größten Brocken hinweggeholfen, dann musste er zum unbewachten Wagen zurück, um seiner Dienstvorschrift zu genügen.

»Glaubst du, dass uns Skinny Norris diesmal wieder nachspioniert hat?«, fragte Peter.

»Nein. Ich habe mich immer wieder umgesehen«, sagte Bob.

»Außerdem ist Just überzeugt davon, dass Skinny künftig einen großen Bogen um das Gespensterschloss machen wird.«

»Und wir dürfen beweisen, dass wir stärkere Nerven haben als Skinny«, seufzte Peter.

Bob trug die Kamera, Peter das Tonbandgerät. Beide hatten Taschenlampen am Gürtel hängen. Zusammen stiegen sie die Treppe zur Eingangstür hinauf.

Die Tür war geschlossen.

»Komisch ...« Peter runzelte die Stirn. »Ich möchte schwören, dass Skinny die Tür nicht zugemacht hat, als er gestern davonlief.«

»Vielleicht hat der Wind sie zugeweht«, meinte Bob.

Peter drückte auf die Klinke. Die Tür öffnete sich mit einem lang gezogenen Quietschen, das sie erschrocken zusammenzucken ließ.

»Nur ein rostiges Scharnier«, sagte Bob. »Kein Grund zur Aufregung.«

»Wer spricht denn von Aufregung?«, fragte Peter.

Sie traten in den Flur, ließen aber die Tür hinter sich offen. An einer Seite des Flurs lag ein großer Raum voll alter Möbel – massive, geschnitzte Stühle und Tische, ein riesiger offener Kamin. Just hatte sie gebeten, sich umzusehen und zu fotografieren. Bob entdeckte in dem Zimmer nichts Bemerkenswertes, aber er machte ein paar Blitzlichtaufnahmen.

Dann gingen sie weiter in die runde Halle, wo Just und Peter das Echo gehört hatten. Mit den Ritterrüstungen und den Porträts von Mr Terrill in den Kostümen seiner Rollen war sie ein unheimlicher, düsterer Aufenthaltsort. Ein wenig freundlicher wurde die Atmosphäre durch das spärliche Sonnenlicht, das durch ein staubiges Fenster auf halber Höhe der Treppe fiel.

»Tun wir einfach so, als wären wir im Museum«, riet Bob seinem Freund. »Du kennst ja das Gefühl. Da braucht man keine Angst zu haben.«

»Stimmt«, bestätigte Peter. »Hier kommt man sich wie im Museum vor – so staubig und alt ist hier alles – und so tot.«

»*Tot – tot – tot – tot – tot!*«, klang es ihnen in den Ohren.

»Hoppla!«, sagte Bob. »Das Echo!«

»*Echo – Echo – Echo – Echo!*«, antworteten die Wände.

Peter zog Bob beiseite. »Komm mal her«, sagte er. »Man hört das Echo nur, wenn man genau hier an dieser Stelle steht.«

Bob hatte sonst für Echos etwas übrig. Er rief dann gern »Hallo!« und hörte das Echo mit einem fernen »*Hallo ...*« antworten. Aber zum Ausprobieren des Widerhalls in der Echohalle hatte er nun doch keine Lust mehr.

»Sehen wir uns die Bilder an«, schlug er vor. »Welches hat dich mit dem echten Auge angesehen?«

»Dort – das da!« Peter zeigte auf das Bild eines einäugigen Piraten an der Wand gegenüber. »Einmal war das Auge lebendig, und gleich darauf war es nur gemalt.«

»Das werden wir schon herausfinden«, sagte Bob. »Stell dich auf einen Stuhl und versuche, ob du hinaufreichst.«

Peter rückte einen der geschnitzten Stühle an die Wand unter das Bild. Aber selbst auf Zehenspitzen konnte er den Rahmen nicht erreichen.

»Da oben ist eine Galerie oder so was«, sagte Bob. »Die Bilder hängen an Drähten von der Brüstung. Wenn wir da raufgehen, können wir das Bild vielleicht hochziehen.«

Peter wollte eben vom Stuhl heruntersteigen, und Bob wandte sich zum Treppenaufgang. Als er sich umdrehte, spürte er, wie ihn jemand am Schulterriemen seiner Kamera festhielt. In derselben Sekunde sah er aus dem Augenwinkel eine hohe Gestalt hinter sich in der schmalen dunklen Nische stehen. Er stieß einen Schrei aus und lief schnell zur Tür.

Weit kam er nicht. Der Tragriemen über seiner Schulter riss ihn mit heftigem Ruck zurück, er verlor die Balance und stürzte auf den Marmorboden. Im Fallen nahm er eine riesenhafte Gestalt wahr, die drohend auf ihn losging. Sie trug eine Rüstung und schwang ein gewaltiges Schwert nach seinem Kopf.

Wieder schrie Bob. Auf der Hüfte rutschte er zur Seite. Das große Schwert traf mit hartem Klingen den Boden – genau an der Stelle, wo Bob gelegen hatte. Die Gestalt in der Rüstung stürzte hinterher und schlug mit Getöse auf dem Steinboden auf – es klang, als ob ein Fass voller Blechbüchsen einen Abhang hinunterschepperte.

Inzwischen war der Riemen endlich von seiner Schulter gerutscht, und Bob schlitterte auf dem Boden weiter, bis er an eine Wand stieß. Er sah zurück im Glauben, dass der Mann in der Rüstung ihn verfolge. Was er aber erblickte, ließ ihm die Haare zu Berge stehen:

Der Kopf des Ritters war vom Körper getrennt und rollte über den Boden.

Dann sah Bob genauer hin und entdeckte, dass die Rüstung leer war. Der Helm hatte sich im Fallen gelöst und war über den Fußboden auf Bob zugehüpft. Der Junge stand auf und klopfte sich den Staub ab. Seine Kamera lag neben der Rüstung, der Riemen hing noch an dem Metallscharnier, wo er sich verfangen hatte, als Bob an der Nische vorbeigekommen war. Er hob den Apparat auf und fotografierte Peter, der sich halb totlachen wollte.

»Jetzt habe ich ein Foto von dem lachenden Phantom aus dem Gespensterschloss«, sagte Bob. »Das wird Justus Spaß machen.«

»Entschuldige, Bob.« Peter wischte sich die Augen und wurde wieder normal. »Aber es war zum Brüllen komisch, wie du die rostige Rüstung hinter dir hergeschleppt hast.«

Bob betrachtete die am Boden liegende Rüstung. Sie hatte auf einem kleinen Podest in der Wandnische gestanden. Jetzt war sie natürlich beschädigt. Sie war leicht rostig, aber sonst gut erhalten. Er machte eine Aufnahme davon. Dann knipste er noch das Porträt des Einäugigen und ein paar andere Gemälde. »Hast du genug gelacht?«, fragte er Peter. »Hier ist nämlich eine Tür, die uns bis jetzt entgangen ist. Es ist ein Schildchen dran –« Er kniff die Augen zusammen, um lesen zu können, was auf dem Messingplättchen eingraviert war: »– ›Vorführraum‹.«

Peter trat hinzu. »Mein Vater hat mir erzählt, dass früher alle großen Stars ihr privates Kino im Hause hatten. Dort zeigten sie ihren Freunden ihre Filme. Gehen wir doch mal rein.«

Bob musste kräftig an der Tür ziehen. Langsam, als halte sie jemand von innen fest, ließ sie sich öffnen. Als sie aufging, wehte ein Hauch dumpfer, feuchter Luft heraus. Der Raum dahinter lag in tiefer Finsternis.

Peter hakte seine Taschenlampe vom Gürtel. In dem starken Lichtstrahl konnten die Jungen jetzt sehen, dass der Vorführraum ein großer Saal mit vielleicht hundert plüschgepolsterten Sitzen war. Drüben, am anderen Ende des Raums, erkannten sie die vagen Umrisse einer Orgel.

»Hier sieht es genau so aus wie früher in den Kinos«, sagte Peter. »Sieh dir die Orgel an. Sie ist bestimmt zehnmal so groß wie die von Mr Jonas. Wollen wir sie uns mal anschauen?«

Bob nahm seine Taschenlampe hoch, aber sie funktionierte nicht. Anscheinend war sie bei seinem Sturz entzweigegangen. Peters Lampe gab jedoch genügend Licht. Sie durchquerten den Raum und stiegen zu der Orgel hinauf.

Unbehagen spürten sie nicht. Bobs komischer Zusammenstoß mit der Ritterrüstung hatte ihnen neuen Auftrieb gegeben.

Die alte Orgel, deren gewaltige Pfeifen sich zu der hohen Decke emporreckten, war voll Staub und Spinnweben. Bob machte für Justus ein Foto.

Dann sahen sie sich weiter um. Die Plüschsessel waren verschlissen. Wo die Kinoleinwand sein sollte, hingen ein paar weiße Fetzen herunter. Je länger die Jungen dastanden, umso dumpfer und feuchter schien die Luft zu werden.

»Hier ist nichts los«, sagte Peter. »Mal sehen, was es oben gibt.«

Sie verließen den Vorführraum, traten wieder in die Echohalle und stiegen die Stufen hinauf, die im Bogen an der Hallenwand entlang aufwärts führten.

Auf halbem Wege, wo die Sonne durch die staubbedeckten Fenster schien, blieben sie stehen und sahen sich um. Die Mauern des Schlosses lagen dicht an der steilen Felswand des Schwarzen Canyons.

»Es ist noch fast zwei Stunden Tag«, sagte Bob. »Wir können uns alles in Ruhe ansehen.«

Auf der Galerie entdeckten sie, dass alle Bilder an einem Gesims direkt unterhalb der Galerie aufgehängt waren. Mit vereinten Kräften fassten sie die Drähte des Piratenbildes und begannen zu ziehen. Es hatte einen schweren Rahmen, aber sie konnten es schließlich heraufziehen und im Schein der Taschenlampe untersuchen.

Es war ein ganz normales Gemälde, die Ölfarbe glänzte ein wenig. Bob meinte, dieser Glanz habe Peter wohl getäuscht, sodass er glaubte, ein lebendiges Auge starre ihn an. Peter sah nicht überzeugt aus. »Ich dachte wirklich, es sei ein Mensch«, sagte er. »Aber ich habe mich wohl doch geirrt. Na gut, hängen wir es wieder hin.«

Sie ließen das Bild wieder an seinen Platz herab und gingen ins nächste Stockwerk hinauf.

Sie wollten ganz oben im Haus beginnen und sich hinunterarbeiten.

Sie stiegen und stiegen, bis sie in ein rundes Türmchen gelangten, das hoch über dem Schloss thronte. Es hatte schmale

Fensterluken wie ein richtiger Burgturm, allerdings mit Glasscheiben.

Die beiden Jungen blickten hinaus. Sie waren jetzt oberhalb des Grats, der den Schwarzen Canyon überragte, und der Blick erfasste meilenweit die umliegenden Hügel. Da stieß Peter einen überraschten Ausruf aus. »Sieh mal!«, sagte er. »Eine Fernsehantenne!«

Tatsächlich – auf dem nächstgelegenen Hügelkamm war eine Antenne zu sehen, die jemand, der drüben im Tal wohnte, des besseren Empfangs wegen aufgerichtet hatte.

»Es muss hier gleich nebenan noch eine Schlucht liegen«, sagte Peter. »Die Gegend ist gar nicht so einsam, wie sie aussieht.«

»Hier in den Bergen gibt es Dutzende solcher Täler«, erklärte Bob. »Aber schau nur, wie steil der Hang ist. Da könnte höchstens eine Bergziege rüberklettern. Man müsste ganz außen herumgehen.«

»Da hast du recht«, sagte Peter. »So, das wär's wohl hier oben. Gehen wir einen Stock tiefer – vielleicht finden wir noch etwas.«

Im darunter liegenden Stockwerk kamen sie in einen großen Flur, am anderen Ende des Ganges stand eine Tür offen. Sie warfen einen Blick in den Raum. Das musste Stephan Terrills Bibliothek gewesen sein, wo er seinen Abschiedsbrief hinterlassen hatte. Viele hundert Bücher standen in Regalen. Auch hier hingen Gemälde an einer Wand; sie ähnelten den Bildern in der Echohalle, waren jedoch kleiner.

»Hier sollten wir uns umsehen«, entschied Peter. Sie traten ein. Die Bilder waren bemerkenswert, alle zeigten wiederum Stephan Terrill in Szenen aus seinen Filmen. Auf jedem Bild wirkte er anders: Einmal war er als Pirat dargestellt, dann als Straßenräuber, Werwolf, Vampir oder Seeungeheuer. Bob wünschte, er hätte die Filme sehen können.

»Man nannte ihn den ›Mann mit den tausend Gesichtern‹«, erinnerte er Peter, als sie von Bild zu Bild gingen. »Ui – schau dir das an!«

Sie blieben vor einem Mumienschrein in einer kleinen Nische stehen. Es war ein echter ägyptischer Sarg, wie sie in Museen zu sehen sind. Auf dem geschlossenen Deckel war eine silberne Tafel befestigt. Peter richtete den Strahl seiner Taschenlampe darauf, und Bob kniff die Augen zusammen, um die eingravierte Schrift entziffern zu können.

Sie lautete:

WAS DIESER SCHREIN BIRGT WURDE VON SEINEM EIGENTÜMER HUGO WILSON ALS VERMÄCHTNIS DEM MANNE ZUGEDACHT DER IHM SO VIELE STUNDEN DER UNTERHALTUNG SCHENKTE – STEPHAN TERRILL

»Da bist du platt«, sagte Peter. »Was glaubst du, was da drin ist?«

»Vielleicht eine Mumie«, meinte Bob.

»Oder sonst etwas Kostbares. Schauen wir doch rein.«

Sie stemmten den Sargdeckel hoch. Er war nicht abgeschlossen, aber sehr schwer. Sie hatten ihn etwa zur Hälfte angehoben, als Peter einen Schrei ausstieß und losließ. Krachend schlug der Deckel wieder zu.

»Hast du das auch gesehen?«, fragte Peter.

Bob schluckte ein paarmal. »Ich hab's gesehen«, sagte er. »Ein Skelett.«

»Ein feines, sauberes, weißes Skelett, das uns entgegengrinst!«

»Ich nehme an, dass das Hugo Wilsons Vermächtnis an Stephan Terrill war – für die vielen Stunden der Unterhaltung«, erklärte Bob. »Sein Skelett. Los, machen wir das Ding nochmal auf, damit ich für Just ein Bild machen kann.«

Peter verspürte keine sonderliche Lust dazu, aber Bob wies ihn darauf hin, dass ein Skelett nichts weiter sei als ein paar Knochen und niemandem etwas zuleide tue. Sie öffneten den Schrein nochmals, und Bob konnte ein schönes Foto von dem grinsenden Skelett machen. Er war davon überzeugt, dass sich Just dafür interessieren würde.

Während Bob den Film transportierte und eine neue Blitzbirne einsteckte, schlenderte Peter zum Fenster hinüber. Er sah hinaus und stieß einen Schrei aus. »Wir sollten uns beeilen«, sagte er. »Es wird schon dunkel!«

Bob sah auf die Uhr. »Das kann nicht sein. Es dauert noch über eine Stunde, bis die Sonne untergeht.«

»Ob die Sonne das auch weiß? Schau doch selbst.«

Bob ging zum Fenster. Tatsächlich – draußen dunkelte es. Die Sonne verschwand hinter dem Bergkamm. Ihre Strahlen trafen gerade noch die Fenster des Schlosses hoch oben am Berg.

»Ich dachte gar nicht mehr daran, dass die Sonne in diesen Tälern früher untergeht«, sagte er. »Das macht natürlich etwas aus.«

»Komm, wir gehen«, sagte Peter. »Wenn es mir bei Dunkelheit irgendwo ungemütlich ist, dann hier.«

Sie gingen zum Flur. Als sie den langen Korridor entlang sahen, bemerkten sie an beiden Enden Treppenstufen. Welche Treppe sie heraufgekommen waren, wussten sie nicht mehr sicher. Peter entschied sich für die nächstgelegenen Stufen.

Als sie im Stockwerk darunter anlangten, war es schon wesentlich dämmriger. Und dann entdeckten sie nicht gleich eine Treppe, die weiter abwärts führte. Schließlich fanden sie am anderen Ende des Ganges hinter einer Tür ein enges Stiegenhaus. »Hier sind wir nicht hergekommen«, sagte Bob. »Vielleicht sollten wir lieber umkehren.«

»Auf jeden Fall geht es nach unten«, gab Peter zurück. »Und runter wollen wir ja – und zwar schnellstens. Komm mit.«

Sie gingen treppab. Sobald sie die Tür losließen, fiel sie durch Federdruck ins Schloss. In pechschwarzer Finsternis standen sie auf den engen Stufen.

»Wir suchen doch besser den Weg, den wir heraufgekommen sind«, meinte Bob voll Unbehagen. »Hier im Dunkeln gefällt es mir nicht. Ich kann nicht mal dich sehen.«

»Dir gefällt es hier nicht, und mir auch nicht. Da sind wir uns wenigstens einig«, stellte Peter fest. »Wo bist du denn?« Er streckte die Hand nach Bob aus. »Sehen wir zu, dass wir uns nicht verlieren. Los, gehen wir rauf und wieder durch die Tür.«

Gemeinsam stiegen sie die Stufen hinauf. Aber die Tür ließ sich nicht wieder öffnen.

»Ich glaube, die lässt sich nur von der anderen Seite aufmachen«, sagte Bob und bemühte sich, ruhig zu bleiben. »Wir müssen wohl oder übel hier runtergehen.«

»Wir brauchen Licht!«, sagte Peter. »Wenn wir nur den Schalter ... Aber was red ich da für Unsinn – ich habe doch eine Taschenlampe, eine schöne neue Taschenlampe ...«

»Na los, dann leuchte mal«, drängte Bob. »Hier im Finstern fällt einem ja die Decke auf den Kopf und es wird immer noch dunkler.«

»Hör mal, du«, sagte Peter mit etwas unsicherer Stimme, »ich habe gar keine Lampe. Weißt du noch, wie wir den Mumiensarg zugemacht haben? Da drin muss ich sie vergessen haben.«

»Großartig«, sagte Bob. »Wunderbar. Und meine ist kaputt, seit meinem Zusammenstoß mit der Rüstung.«

»Vielleicht hatte sie bloß einen Wackelkontakt«, meinte Peter.

Er tastete nach Bobs Lampe. Bob hörte, wie er mit der Hand darauf klopfte. Eine bange Minute lang passierte nichts. Dann kam es – kein richtiger Lichtstrahl, sondern nur ein schwaches Glimmen.

»Kontaktschwäche«, sagte Peter. »Soviel wie eine Kerze. Aber es ist ein Licht. Komm jetzt!«

Sie stiegen die enge, gewundene Treppe schneller hinab, als es Bob mit dem Gips am Bein für möglich gehalten hätte.

Peter ging mit der schwach glühenden Lampe voran. Schließlich erreichten sie das Ende der Stufen und vermuteten, dass sie im Erdgeschoss angelangt waren. Sie leuchteten, so gut es ging, den Raum aus, in dem sie sich befanden: Es war ein kleiner quadratischer Korridor mit zwei Türen. Sie waren noch unschlüssig, welche Tür sie öffnen sollten, da packte Peter Bob am Arm. »Horch!«, sagte er. »Hörst du es nicht?«

Bob lauschte. Er hörte es. Orgelmusik! Schwache, unheimliche Orgelklänge. Da spielte jemand auf der kaputten Orgel im Vorführraum. Plötzlich spürte Bob die unerträgliche Beklemmung, von der Justus gesprochen hatte.

»Es kommt aus dieser Richtung«, flüsterte Peter und zeigte auf eine der Türen.

»Also gehen wir dort hinein.« Bob wies auf die andere Tür.

»Nein, gerade hier durch«, widersprach Peter. »Das muss der Weg zum Vorführraum sein. Und wir wissen, dass es von dort zum Ausgang geht. Auf dem anderen Weg verirren wir uns noch richtig. Nehmen wir lieber das kleinere Übel in Kauf.«

Peter öffnete die Tür und schritt entschlossen den dahinter liegenden dunklen Gang entlang, Hand in Hand mit Bob. Die Musik wurde allmählich lauter, aber noch immer erklang sie wie von weit her, wie eine Geistermelodie aus kreischenden und wimmernden Tönen.

Bob marschierte weiter, weil Peter ihn nicht losließ, aber je näher sie der Musik kamen, umso unerträglicher wurde seine Nervosität. Dann stieß Peter eine Tür auf, und sie befanden sich tatsächlich im Vorführraum.

Es war kein Irrtum möglich, denn im Schimmer der Taschenlampe konnten sie die Rückenlehnen der Sesselreihen erkennen. Weit hinten am anderen Ende des Raumes, in der Nähe der Orgel, war ein blaues Leuchten ohne bestimmte Umrisse. Es hing etwa anderthalb Meter hoch in der Luft und schien unruhig zu flackern. Dazu gab die alte Orgel unaufhörlich ihr geisterhaftes Ächzen und Kreischen von sich.

»Das blaue Phantom!« Bob schluckte.

In diesem Augenblick schlug das Gefühl nervenzerreißender Spannung, das die Grenze zu beklemmender Angst erreicht hatte, in panisches Entsetzen um – genau wie Justus Jonas es sich ausgemalt hatte.

Sie stürzten quer durch den Raum auf die Tür zu. Peter stieß sie auf, und sie standen draußen in der Echohalle. Sie liefen zum Ausgang – die Haustür stand noch offen – und sprangen auf die fliesenbelegte Terrasse hinaus. Aber Bobs verletzter Fuß blieb an einer Ritze hängen. Peter rannte so schnell, dass er es gar nicht bemerkte. Bob stürzte und landete in einer Ecke der Terrasse in einem Haufen Laub. Ohne Überlegung verkroch er sich darin wie eine Maus in ihrem Loch.

Er wartete darauf, dass ihm das blaue Phantom folgte. Sein Herz raste wie ein Presslufthammer. Sein keuchender Atem ging so laut, dass er nichts anderes hörte. Als er das bemerkte, hielt er die Luft an. In der nun entstandenen Stille hörte er, wie das blaue Phantom ihn jagte. Es kam immer näher, mit kleinen, schlurfenden Schritten kam es über die Fliesen. Sein Atem war ein stoßweises Hecheln – unheimlich und furchterregend.

Plötzlich verstummten die Tritte. Das Ding stand unmittelbar über ihm. Es verharrte eine Zeitlang, die Bob eine Ewigkeit dünkte, und atmete weiter in rauen Stößen. Dann bückte es sich und fasste nach Bobs Schulter. Als er die Berührung spürte, stieß Bob einen Schrei aus, der am nächsten Berghang beinahe eine Steinlawine auslöste.

Das Gespensterschloss scheint wirklich ausgesuchte Überraschungen bereitzuhalten. Allerdings – ein »Phantom« von so handfestem Zugriff würde mich stutzig machen.

Das Geheimzeichen

»Und was geschah, als das blaue Phantom dich an der Schulter packte, Bob?«

Das war Justus. In der Zentrale hielten die drei Detektive zum ersten Mal seit drei Tagen wieder eine Besprechung ab. Peter war mit seinen Eltern bei Verwandten in San Francisco gewesen. Bob hatte in der Bücherei einiges zu tun gehabt, da man die Bücher neu katalogisierte. Außerdem war ein anderer Helfer krank geworden, sodass Bob bis Abends gearbeitet hatte. Justus hatte die Tage noch immer liegend – und meist lesend – verbracht, damit sein Knöchel gut verheilte.

»Na?«, bohrte Justus. »Was passierte dann?«

»Du meinst, nachdem ich geschrien hatte?« Bobs Zögern verriet, dass ihm diese Unterhaltung nicht sonderlich angenehm war.

»Genau. Nachdem du geschrien hattest.«

»Warum fragst du nicht Peter?« Bob wich sichtlich einer Antwort aus. »Er war ja auch dabei.«

»Also gut. Peter, erzähl du, was geschehen ist.«

Peter sah kläglich drein, gehorchte aber. »Ich bin gefallen«, sagte er. »Bob brüllte so laut, als ich ihn an der Schulter fasste, dass ich vor lauter Schreck auf ihn drauffiel. Da fing er auch noch an, um sich zu schlagen. Er schrie dauernd: ›Lass mich los, Phantom! Mach, dass du wieder reinkommst, wo du hingehörst, sonst geht es dir schlecht!‹ Meine Arme bekamen lauter blaue Flecken ab, als ich ihn zu halten versuchte, bis er endlich kapierte, dass ich das war – dass ich zurückgekommen war, weil ich nach ihm sehen wollte.«

»Bob ist so mutig wie ein Löwe, auch wenn er nicht der Stärkste ist«, sagte Justus. »Also, Peter, du hast gemerkt, dass er zurückgeblieben war, und bist umgekehrt, um ihn zu suchen. Er hörte dein lautes Atmen und dachte, es sei das Phantom, das sich über ihn beugte. Stimmt's?«

Bob nickte. Er war sich reichlich albern vorgekommen in seinem Blätterhaufen, als er und Peter endlich voneinander loskamen. Er hatte tatsächlich geglaubt, mit dem blauen Phantom zu kämpfen.

Justus knetete an seiner Unterlippe herum. Er schien mit irgendetwas sehr zufrieden. »Und als ihr endlich mit dem Ringkampf Schluss gemacht hattet, fiel euch etwas auf«, sagte er. »Da merktet ihr, dass die panische Angst verschwunden war – habe ich recht?«

Peter und Bob wechselten einen Blick. Wie hatte Justus das herausgefunden? Das hatten sie sich doch als Überraschung für den Schluss aufgespart.

»Ja, so war's«, sagte Peter. »Sie war weg.«

»Also reicht die Empfindung nicht über die Mauern des Gespensterschlosses hinaus«, sagte Justus. »Das ist eine sehr bedeutsame Entdeckung.«

»Meinst du?«, fragte Bob.

»Ganz bestimmt«, versicherte Justus. »Die Fotos müssten jetzt so weit sein. Bitte, Peter, hol sie aus der Dunkelkammer. Ich mach mal die Lüftung zu, Onkel Titus vollführt ja einen Höllenspektakel da draußen.«

Damit hatte er recht. Mr Jonas war es endlich gelungen, die erworbene Orgel wieder zusammenzubauen. Während Justus ans Bett gefesselt war, hatte er ein aus der Bücherei geliehenes Buch über Orgeln gelesen und seinem Onkel fundierte Ratschläge geben können. Jetzt prüfte Mr Jonas sein Werk. Er spielte ein altes Seemannslied, das Patrick und Kenneth besonders gut gefiel, und er verlieh den tiefen Begleitakkorden gehörigen Nachdruck, während er die Melodie mit reichlichem Tremolo ausschmückte.

Die Jungen hatten die Lüftungsklappe im Dach der Zentrale geöffnet, und so kamen sie in den vollen Genuss der musikalischen Darbietung. Wenn Mr Jonas leidenschaftlich in die tiefen Tasten griff, begann die Einrichtung der Zentrale regelrecht zu vibrieren. Bob kam es vor, als ob ihn die Töne von seinem Sitz heben wollten. Sie ließen ihn durch und durch erschauern. Als Justus die Klappe geschlossen und den Lärm wenigstens zum Teil ausgesperrt hatte, brachte Peter aus der kleinen Dunkelkammer die Abzüge der Fotos, die Bob im

Gespensterschloss geknipst hatte. Sie waren noch feucht, aber man konnte sie schon betrachten.

Justus prüfte die Bilder mit einer starken Lupe. Dann gab er sie an Bob und Peter weiter. Am gründlichsten studierte er die Schnappschüsse von Mr Terrills Bibliothek und von der Rüstung, die Bob bedroht hatte.

»Sehr gut, Bob«, lobte Justus. »Mit einer Ausnahme. Du hast kein Bild von dem blauen Phantom gemacht, wie es an der Orgel saß.«

»Hast du denn von mir erwartet, dass ich hingehe und einen Lichtschimmer fotografiere, der auf einer kaputten Orgel spielt?« Bobs Ton war ein wenig spitz.

»Kein Mensch wäre auf die Idee gekommen, da ein Foto zu machen«, sagte Peter. »Es lag zu viel panische Angst in der Luft. Auch du hättest es nicht getan, Just.«

»Nein, ich glaube nicht«, pflichtete Justus bei. »In den Klauen der Angst ist es schwierig, Fassung zu bewahren. Aber ein solches Bild hätte viel dazu beigetragen, unser Problem zu lösen.«

Peter und Bob warteten. Just hatte im Bett drei Tage lang Zeit zum Nachdenken gehabt, und er musste sich eine Menge ausgedacht haben, wovon er bis jetzt noch gar nichts erzählt hatte.

»Wisst ihr«, fuhr Justus fort, »euer Abenteuer war in einer Hinsicht sehr ungewöhnlich. Das Phantom im Gespensterschloss erschien euch nämlich vor Sonnenuntergang.«

»Innen war keine Sonne mehr«, berichtete Peter.

»Davon abgesehen schien aber die Sonne noch. Bisher hat niemand von Geistererscheinungen berichtet, die vor Einbruch der Nacht auftraten. Na, wir wollen mal sehen, was uns die anderen Fotos zeigen.«

Er nahm das Bild mit der Rüstung zur Hand. »Die Rüstung da«, sagte er. »Sie glänzt ja und sieht gar nicht verrostet aus.«

»Das war sie auch kaum«, erklärte Bob. »Bloß stellenweise.«

»Und diese Bücher und Bilder in Mr Terrills Bibliothek – die sehen auch nicht sehr verstaubt aus.«

»Sie waren schon mit Staub bedeckt«, sagte Peter. »Freilich nicht zentimeterdick.«

»Hm.« Justus betrachtete eingehend das Skelett im Mumienschrein. »Und das Skelett hier ... Ein höchst ungewöhnliches Vermächtnis.«

In diesem Augenblick schien der ganze Wagen, der das Gehäuse der Zentrale bildete, zu zittern. Ein Eisenstück, das draußen abgestellt war, bewegte sich mit und klapperte gegen die Wand. Ein besonders lauter Akkord aus Mr Jonas' neuer Orgel hätte den Wagen fast vom Erdboden hochgerissen.

»Hilfe!«, rief Peter. »Ich dachte schon, das sei ein Erdbeben.«

Darf ich die Schrecksekunde der drei Detektive zu einem kleinen Hinweis nutzen? Ich meine die augenfälligen Qualitäten von Gegenständen, die – obschon unbenutzt erscheinend – weder Staubtuch noch Poliermittel nötig haben. Sollte es an der besonderen Luft (in Gespensterschlössern) liegen?

»Onkel Titus weiß nicht, wie stark er ist, wenn es ans Orgelspielen geht«, kommentierte Justus. »Wenn er so weitermacht, schließen wir am besten die Versammlung. Aber vorher habe ich noch etwas für euch.«

Er reichte jedem ein langes Stück Kreide. Sie sah aus wie die Tafelkreide aus der Schule, nur war Peters Stück blau und das von Bob rot.

»Wozu ist denn das?«, wollte Peter wissen.

»Damit wir unsere Spuren mit dem Zeichen der drei Detektive markieren können.« Justus nahm ein Stück weißer Kreide und malte ein großes Fragezeichen an die Wand. »Das bedeutet«, sagte er, »dass einer der drei Detektive an diesem Ort war. Die weiße Farbe steht für den Ersten Detektiv. Ein blaues Fragezeichen bedeutet Peter, Zweiter Detektiv, und ein rotes ist dein Zeichen, Bob. Wenn mir das schon früher eingefallen wäre, hättet ihr euch im Gespensterschloss nicht verirrt. Ihr hättet euren Weg mit Fragezeichen markieren und leicht wieder zurückfinden können.«

»Mensch, du hast recht«, sagte Peter.

»Bedenkt auch, wie einfach das ist«, erklärte Justus weiter. »Das Fragezeichen ist eines der häufigsten Symbole. Wenn jemand an einer Wand oder Tür ein Fragezeichen sieht, so glaubt er, Kinder hätten da gespielt, und vergisst es gleich wieder. Nur für uns hat das Fragezeichen eine Bedeutung. Wir können damit einen Weg markieren, ein Versteck kennzeichnen oder ein verdächtiges Haus hervorheben. Ab sofort solltet ihr eure Kreide immer bei euch haben.«

Peter und Bob versprachen es, und Justus rückte endlich mit dem wichtigsten Punkt der Tagesordnung heraus.

»Ich habe bei Mr Hitfield im Büro angerufen«, berichtete er. »Henrietta sagte, er habe morgen früh eine Besprechung mit seinem Aufnahmeteam und dabei werde entschieden, ob man den Film drüben in England in einem verhexten Gutshaus drehen solle. Das bedeutet, dass wir ihm unseren Bericht bis morgen früh vorlegen müssen. Und das wiederum bedeutet –«

»Nein!«, platzte Peter heraus. »Ohne mich! Wenn ihr mich fragt, so ist das Gespensterschloss ein Spukhaus und soll es auch bleiben. Ich brauche keine weiteren Beweise dafür.«

»Als ich im Bett lag und Zeit zum Nachdenken hatte«, fuhr Justus fort, »bin ich auf gewisse Verdachtsmomente gestoßen, die es zu überprüfen gilt. Und wir müssen schnell ans Werk gehen, damit Mr Hitfield unseren Bericht rechtzeitig bekommt. Deshalb müsst ihr beide fragen, ob ihr heute länger von zu Hause wegbleiben dürft. Denn heute Abend gehen wir dem Geheimnis des Gespensterschlosses auf den Grund!«

Justus zu meinen besonders geschätzten Bekanntschaften zu zählen, fällt mir noch immer schwer, doch muss ich ihm zugutehalten, dass er die Zeit seiner erzwungenen körperlichen Untätigkeit wenigstens durch verstärkte Denktätigkeit zu kompensieren wusste. Seine lapidare Ankündigung würde mir an eurer Stelle allerdings etwas zu siegessicher klingen. Oder ist der Detektiv in euch bereits mit Justus im Bunde?

Ein Geist und ein Spiegel

Hoch über Justus und Peter ragte das Gespensterschloss in die Dunkelheit. Der Mond war nicht zu sehen, nur ein paar Sterne schienen über der in tiefer Finsternis liegenden Schlucht.

»Dunkler wird es nicht mehr«, sagte Justus mit verhaltener Stimme. »Wir können ebenso gut reingehen.«

Peter wog seine neue, extra lichtstarke Taschenlampe in der Hand. Er hatte sie von seinem Taschengeld gekauft – seine alte war ja noch da oben in der Bibliothek.

Sie gingen die geborstenen Stufen hinauf und über die Terrasse. Justus hinkte leicht, er schonte seinen verbundenen Knöchel. Ihre Schritte hallten sehr laut im Finstern. Irgendwo hatten sie ein kleines Tier aus seinem Schlupfwinkel aufgescheucht. Eilends strebte es aus dem Lichtkreis der Lampe fort.

»Was das auch war – es ist ein kluges Geschöpf«, sagte Peter. »Es will hier nicht bleiben.«

Justus antwortete nicht. Er hatte die Hand auf dem Knauf der Eingangstür und drehte und zog. Die Tür gab nicht nach.

»Komm, hilf mir mal«, sagte Justus. »Die Tür klemmt.«
Auch Peter griff nach dem großen Messingknopf. Plötzlich spürten sie keinen Widerstand mehr. Sie hatten den Knauf abgerissen. Die Jungen taumelten zurück und fielen übereinander auf den Steinboden.
»Uff!«, keuchte Peter. »Du liegst auf meinem Bauch. Ich kann mich nicht bewegen – ich kann nicht atmen. Schnell, runter mit dir!«
Justus rollte sich zur Seite und rappelte sich hoch. Auch Peter stand auf und prüfte, ob noch alle Knochen heil waren.
»Ich glaube, es ist noch alles da«, sagte er. »Bis auf meinen gesunden Verstand. Den habe ich zu Hause gelassen.«
Sein Freund richtete die Taschenlampe auf den Messingknauf. »Schau mal«, sagte er. »Die Schraube, mit der das Ding an der Drehstange im Schloss befestigt war, hat sich gelöst.«
»Hier war viel los in den letzten Wochen«, murmelte Peter. »Vielleicht war sie einfach ausgeleiert.«
»Hmm.« Just hatte sein rundes Gesicht in nachdenkliche Falten gelegt. »Ich frage mich nur, ob nicht jemand die Schraube gelockert hat.«
»Wer käme denn auf so etwas?«, fragte Peter. »Auf alle Fälle kommen wir nicht hinein, also kehren wir am besten wieder um.«
»Ich glaube bestimmt, dass wir irgendwo anders hineinkommen«, sagte Justus. »Wie wäre es mit einem Versuch an den Balkontüren da drüben?«
Er ging an der Hauswand weiter. Sechs bis zum Boden rei-

chende Glasfenster führten auf die Terrasse. Die ersten fünf waren fest verschlossen, aber das sechste stand einen Fingerbreit offen. Justus drückte. Die Flügel ließen sich leicht nach innen öffnen. Dahinter lag undurchdringliche Finsternis.

Justs Taschenlampe erhellte das Dunkel ein wenig. Er richtete den Strahl durch das geöffnete Fenster, man sah einen langen Tisch mit Stühlen ringsum. Das eine Ende des Tisches schien für eine Mahlzeit gedeckt.

»Das Esszimmer«, sagte Justus leise. »Hier können wir herein.« Drinnen geisterten die Strahlen ihrer Taschenlampen durch den Raum und hoben schöne, holzgeschnitzte Stühle ans Licht, eine lange Tafel aus Mahagoni, eine kostbare Anrichte und die ebenfalls geschnitzte Holzverkleidung der Wände.

»Hier gibt es anscheinend mehrere Türen«, stellte Justus fest. »Durch welche wollen wir gehen?«

»Wenn du mich fragst – huch!« Peter stieß einen erstickten Schrei aus, als er sich halb umwandte und eine Frauengestalt in langen, fließenden Gewändern erblickte, die ihn ansah. Sie war so gekleidet, wie es Peter auf Gemälden aus dem 17. Jahrhundert schon gesehen hatte. Um ihren Hals war eine Schlinge gelegt. Das lose Ende des Stricks hing über ihr Gewand bis auf ihre Füße herab. Ihre Hände hatte sie in die weiten Ärmel eingesteckt, den gramvollen Blick hielt sie auf die Jungen geheftet.

Peter griff nach Justs Jacke. »Was ist denn?«, fragte Justus.

»So sieh doch –«, sagte Peter stockend. »Wir sind nicht allein. Es ist noch Besuch da.«

Justus drehte sich um, und Peter spürte, wie er erstarrte. Also sah er sie auch, die Frau, die sie unverwandt anschaute, unbeweglich, ohne vernehmbares Atmen – sie stand einfach da und schaute. Peter glaubte zu wissen, wer sie war. Sie war der Geist jenes Edelfräuleins, von dem ihnen Mr Rex erzählt hatte – die sich lieber erhängt hatte, als sich von ihrem Vater zur Heirat zwingen zu lassen.

Einen Augenblick lang standen die Jungen wie gelähmt. Die gespenstische Erscheinung blieb reglos und stumm.

»Leuchte mal dort hinüber«, flüsterte Justus. »Wenn ich sage ›jetzt‹!«

Gemeinsam richteten sie ihre Lampen auf die Gestalt.

Sie verschwand so lautlos, wie sie aufgetaucht war. An der Stelle war nichts weiter zu sehen als ein Spiegel, der sie durch den zurückgestrahlten Lichtschein blendete.

»Ein Spiegel!«, platzte Peter heraus. »Dann muss sie hinter uns gestanden haben!« Er wirbelte herum und tastete mit dem Licht die Ecken ab, aber da war niemand außer ihnen im Zimmer.

»Sie ist fort!«, sagte Peter. »Und ich gehe auch! Das war ein Geist!«

»Bleib hier!« Sein Freund packte ihn am Handgelenk. »Uns ist in einem Spiegel ein gespenstisches Abbild erschienen, aber wir können uns auch getäuscht haben. Ich bedaure es, dass wir so überstürzt gehandelt haben. Wir hätten uns mehr Zeit nehmen sollen, um diese ungewöhnliche Erscheinung zu untersuchen.«

»Mehr Zeit?«, rief Peter entsetzt. »Und warum hast du sie dann nicht fotografiert? Du hast doch die Kamera.«

»Das ist wahr«, sagte Justus zerknirscht. »Und ich habe ganz vergessen, sie zu benutzen.«

»Es wäre sowieso nichts auf dem Film zu sehen gewesen. Geister kann man nicht fotografieren.«

»Und ebenso wenig kann sich ein Geist spiegeln«, erklärte Justus seinem Freund. »Aber die Frau hier konnte das – oder sie war im Spiegel drin. Von einem Spiegelgespenst habe ich aber nie gehört. Sie könnte sich ruhig noch einmal sehen lassen.«

»Das möchtest du wohl – aber ich nicht«, erwiderte Peter. »Na schön, wir können jetzt beweisen, dass es im Gespensterschloss spukt. Gehen wir also zu Mr Hitfield und erzählen es ihm.«

»Wir haben erst angefangen«, sagte Justus. »Es gibt noch vieles in Erfahrung zu bringen. Wir müssen weiterkommen. Diesmal vergesse ich das Fotografieren nicht wieder. Ich kann es kaum erwarten, das blaue Phantom beim Orgelspielen zu knipsen.«

Der Gleichmut des Freundes übertrug sich auch auf Peter. Er zuckte die Achseln. »Meinetwegen«, sagte er. »Aber willst du nicht unser Kreidezeichen auf unserem Weg hinterlassen?«

Zum zweiten Mal war Justus beschämt. »Du hast wirklich recht«, sagte er. »Sofort hole ich es nach.«

Er trat zum Fenster, durch das sie eingestiegen waren, und malte ein großes Fragezeichen darauf. Dann malte er vorsichtig, um die Fläche nicht zu zerkratzen, noch eines auf den Esstisch. Schließlich ging er zu dem großen Spiegel an der Wand und brachte auch dort das Geheimzeichen der drei Detektive an. »Wenn Morton und Bob uns hierher nachkommen, muss es ihnen auffallen«, erklärte er; er drückte fest auf, damit der Kreidestrich auf dem blanken Glas haften blieb.

»Für den Fall, dass wir spurlos verschwinden, meinst du wohl?«, fragte Peter. Justus gab keine Antwort. Unter dem Druck seiner Hand war der große Spiegel wie eine Tür lautlos nach hinten geschwenkt. Dahinter führte ein dunkler Gang in die Tiefen des Gespensterschlosses.

Nebel des Grauens

Die beiden Jungen starrten betroffen ins Dunkel.
»Na so was!,« sagte Peter. »Ein Geheimgang!«
»Mit einem Spiegel als Tarnung.« Justs Stirn war gefurcht. »Das müssen wir untersuchen.«
Ehe Peter Protest einlegen konnte, war der Erste Detektiv schon durch die Öffnung, die vorher der Spiegel verdeckt hatte. Er ließ das Licht seiner Lampe den engen, dunklen Gang entlangtanzen. Anscheinend war es nichts weiter als ein Korridor. Die Wände waren aus roh behauenem Stein, nur am entgegengesetzten Ende sahen die Jungen eine Tür.
»Komm mit«, sagte Justus. »Wir müssen herausfinden, wohin dieser Gang führt.«
Peter folgte ihm. Er war nicht sehr darauf erpicht, den Geheimgang zu betreten, aber er wollte auch nicht allein bleiben. In Gesellschaft war es besser, sagte er sich.
Justus untersuchte die Steinmauern sorgfältig im Schein der Taschenlampe. Dann wandte er sich nochmals um und sah

sich die Spiegeltür genau an. Offensichtlich war es ein gewöhnlicher Spiegel, der über eine verborgene Holztür montiert war. Sie hatte weder Klinke noch Riegel.

»Merkwürdig!«, murmelte er. »Es muss eine geheime Methode geben, die Tür zu öffnen.«

Er ließ sie zufallen. Sie rastete hörbar ein. Und nun waren sie in dem engen Gang eingeschlossen.

»Jetzt hast du was angerichtet!«, rief Peter. »Du hast uns eingeschlossen!«

»Hmm.« Der Freund versuchte, mit den Fingern irgendwo Halt zu finden, um die Tür wieder aufziehen zu können. Doch da gab es nichts anzufassen. Die ihnen zugekehrte Seite war aus glattem Holz und so exakt in den Rahmen eingepasst, dass sich kaum eine Ritze fand, in die man mit dem Fingernagel hätte eindringen können.

»Es muss ohne Frage eine Möglichkeit für Eingeweihte geben, die Tür zu öffnen«, sagte Justus. »Ich möchte nur wissen, warum sie so leicht aufging, als ich vorhin dagegen drückte.«

»Das ist doch jetzt egal«, meinte Peter. »Sieh lieber zu, wie du sie wieder aufkriegst. Ich will hier raus.«

»Ich glaube sicher, dass wir die Holzplatte und das Glas einschlagen könnten, wenn die Umstände uns dazu zwingen sollten«, sagte Justus, während er mit den Fingerspitzen über die hölzerne Rückwand der Tür strich. »Aber das sollte nicht nötig sein. Wir wollen in die andere Richtung.«

Peter wollte eben einwenden, dass Justs Ansichten sich nicht unbedingt mit denen des Zweiten Detektivs deckten, aber Just ging schon weiter durch den Gang und klopfte mit den Fingerknöcheln die Wände ab.

»Massiv«, stellte er fest. »Aber hier scheint es hinter dem Stein hohl zu klingen. Pass mal auf.«

Er klopfte nochmals. Peter horchte. Und da hörte auch er etwas. Er hörte von weit her die große ausgediente Orgel. Die unheimlichen, gequetschten Töne schienen aus allen Richtungen gleichzeitig in den engen Gang zu dringen.

»Hör dir das an!«, rief Peter. »Da spielt wieder das blaue Phantom!«

»Ich höre es«, gab Justus zurück. Er legte sein Ohr an die Mauer und lauschte eine Zeit lang. »Die Musik scheint durch die Mauer zu kommen«, stellte er fest. »Nach meiner Meinung sind wir direkt hinter der Orgel im Vorführraum.«

»Du meinst, das blaue Phantom ist hier gleich hinter der Mauer?«

»Das hoffe ich«, sagte Justus. »Schließlich dient ja unser nächtlicher Ausflug allein dem Zweck, dem blauen Phantom zu begegnen, es zu fotografieren und zu interviewen.«

»Interviewen? Du würdest es wirklich ansprechen?«

»Wenn wir es erwischen.«

»Und wenn es uns erwischt?«, fragte Peter. »Davor habe ich Angst.«

»Ich wiederhole« – Justs Ton war plötzlich streng –, »dass allen vorliegenden Berichten zufolge das blaue Phantom niemals jemandem ein Haar gekrümmt hat. Auf dieser Tatsache beruht meine Strategie. Als ich im Bett lag, habe ich zu diesem

Fall einige Schlussfolgerungen gezogen. Ich habe sie vorläufig für mich behalten, um sie erst zu überprüfen. Ich denke, wir werden bald herausfinden, ob ich recht hatte oder nicht.«

»Aber wenn du dich nun irrst?«, fragte Peter. »Wenn es nicht stimmt und das blaue Phantom uns seiner Geisterschar einverleiben will – was dann?«

»Dann gebe ich zu, dass ich mich geirrt habe«, sagte Justus. »Aber ich will dir jetzt etwas prophezeien. In ein paar Sekunden wird uns panische Angst ergreifen.«

»In ein paar Sekunden?«, schrie Peter. »Was glaubst du, wie mir jetzt zumute ist?«

»Du bist nur beklommen. Die panische Angst kommt noch.«

»Dann will ich hier weg. Los, wir schlagen den Spiegel ein und machen, dass wir fortkommen.«

»Warte!« Justus hielt Peter am Handgelenk zurück. »Lass dir sagen: Angst und Schrecken sind nur Empfindungen. Du wirst sie spüren, aber ich versichere dir, dass dir durch sie kein Leid geschieht.«

Nun – sagt Justus das nur, um seinem Gefährten Mut zu machen, oder ist er dank irgendwelcher Erkenntnisse selbst von seinen Worten überzeugt?

Während Peter noch nach einer Antwort suchte, fiel ihm eine sonderbare Veränderung im Gang auf. Als sie der geisterhaften Musik jenseits der Mauer gelauscht hatten, mussten sich in der Luft unbemerkt seltsame Nebelschwaden gebildet haben. Sie waren überall – am Boden, vor den Wänden, unter der Decke.

Peter bewegte den Strahl seiner Lampe auf und nieder. In der breiten Lichtbahn wirbelten die Schwaden langsam durcheinander und flossen zu unheimlich anzusehenden Schlieren und Ranken zusammen. Unter seinem Blick schienen sich in der Luft merkwürdige, Furcht einflößende Gebilde zu formen.

»Sieh doch!« Peters Stimme zitterte. »Ich sehe Gesichter! Und da ist ein Drache – und ein Tiger – und ein feister Pirat ...«

»Nur ruhig!«, sagte Justus. »Ich sehe auch seltsame Dinge, aber sie sind nur die Ausgeburt unserer Fantasie. Es ist das Gleiche, wie wenn man im Gras liegt und den Wolken nachschaut. Das Auge verwandelt sie in allerlei Gebilde. Der Nebel hier ist vollkommen harmlos. Aber ich glaube, jetzt kommt gleich die panische Angst.«

Er fasste Peter fest an der Hand, und Peter griff mit aller Kraft zu. Justus hatte recht. Plötzlich fühlte er das Entsetzen wie mit Fingern über seinen ganzen Körper streichen, von der Kopfhaut bis zu den Zehen. Seine Haut schien unter der grauenvollen Empfindung zu zittern. Nur die Gewissheit, dass Justus es auch spürte und dabei standhaft wie ein Fels im Meer blieb, hielt Peter davon ab, zurückzulaufen und wild gegen den Spiegel zu hämmern.

Während das Grauen sie überlief, verdichtete sich der Nebel und kräuselte sich zu noch fantastischeren schwebenden Formen.

»Der Nebel des Grauens«, sagte Justus. Seine Stimme war

nicht ganz fest, aber er machte entschlossen ein paar Schritte vorwärts. »Einmal, vor vielen Jahren, war in Augenzeugenberichten davon die Rede. Die höchstmögliche Steigerung der Erscheinungen im Gespensterschloss. Wir wollen jetzt versuchen, hier herauszukommen und das blaue Phantom zu fangen.«

»Ich kann nicht«, brachte Peter mühsam zwischen den zusammengebissenen Zähnen hervor. »Ich bin wirklich gelähmt. Ich kann meine Beine nicht bewegen.«

Justus dachte kurz nach. »Dann ist es jetzt an der Zeit, dass ich dir erzähle, was ich mir überlegt habe, als ich im Bett liegen musste, Peter«, sagte er. »Ich bin zu dem Schluss gekommen, dass es im Gespensterschloss tatsächlich spukt –«

»Das habe ich dir doch schon immer gesagt!«

»– tatsächlich spukt, aber es ist kein Geist. Es ist ein Mann, der so lebendig ist wie du und ich. Das Phantom des Gespensterschlosses ist nach meiner Überlegung niemand anders als Stephan Terrill, der für tot gehaltene Filmstar.«

»Was?« Peter war so überrascht, dass er sein Entsetzen vergaß. »Du meinst, er lebt, und er wohnt seit all den Jahren hier?«

»Genau. Ein lebendes Gespenst, das die Leute ängstigt und sie aus seinem Haus treibt, damit es ihm nicht genommen wird.«

»Aber wie macht er das?«, fragte Peter. »Wir wissen doch beide, dass es keine Anzeichen dafür gibt, dass hier irgendjemand ein und aus geht. Wie beschafft er sich das Nötige zum Leben?«

»Das weiß ich nicht. Das muss ich ihn eben fragen. Aber du begreifst doch jetzt – er hat uns absichtlich erschreckt, um uns von hier fernzuhalten. Er will niemandem ernstlich etwas zuleide tun. Ist dir jetzt wohler?«

»Na, sicher«, sagte Peter. »Nur – ich habe immer noch das Gefühl, dass es meine Beine woanders hinzieht.«

»Dann wollen wir unsere Untersuchung abschließen und das Phantom entlarven«, entschied Justus. Er ging auf die Tür am anderen Ende des Ganges los, und Peter ging wohl oder übel mit. Nach Justs Erklärung leuchtete ihm die ganze Sache ein. Stephan Terrill selbst, der Meister des Grauens, lebte seit all den Jahren in dem alten Gemäuer und jagte allen Eindringlingen Entsetzen ein!

Sie kamen zu der Tür am Ende des Flurs. Zu ihrer Überraschung ließ sie sich leicht öffnen. Sie traten ein und fanden sich in völligem Dunkel. Die unheimliche Musik war nun lauter zu hören, und nach dem Widerhall zu urteilen, mussten sie in einem weit größeren Raum sein.

»Der Vorführraum«, flüsterte Justus. »Mach kein Licht. Wir wollen das Phantom überraschen.«

Seite an Seite tasteten sie sich an der Wand entlang und um eine Ecke herum. Peter hätte beinahe laut aufgeschrien, als etwas Weiches, Glattes lautlos auf ihn herabfiel und sich um seinen Kopf wickelte. Aber es war nur ein brüchiger Samtvorhang, den er heruntergerissen hatte. Er konnte sich befreien, ohne ein Geräusch zu machen.

Dann bogen sie nochmals um eine Ecke, und da, mitten an

der Wand des großen Saals, wo die alte Orgel stand, sahen sie ein schimmerndes Gebilde aus nebelhaftem blauem Licht. Sie blieben stehen. Im Dunkeln hörte Peter, wie sein Gefährte die Blitzlichtkamera schussbereit machte.

»Wir wollen uns anschleichen«, flüsterte Justus, »und ein Foto machen.«

Peter schaute in den blauen Lichtschimmer, und plötzlich tat ihm Mr Terrill leid. Nach all den Jahren der Einsamkeit musste es für ihn ein gewaltiger Schock sein, entdeckt zu werden.

»Dann erschrickt er vielleicht«, flüsterte er zurück. »Wollen wir uns nicht lieber bemerkbar machen, damit er weiß, dass wir hier sind? Dann versteht er, dass wir keine bösen Absichten haben.«

»Das ist ein sehr vernünftiger Gedanke. Wir gehen jetzt langsam auf ihn zu, und ich rufe ihn beim Namen.«

Sie gingen auf den Lichtschimmer und die Quelle der geisterhaften Töne zu.

»Mr Terrill!«, rief Justus laut. »Mr Terrill, wir möchten mit Ihnen sprechen. Wir sind Ihre Freunde.«

Nichts geschah. Die Musik quäkte und wimmerte weiter, und die leuchtende Erscheinung blieb in der Luft. Sie gingen zögernd noch ein paar Schritte vor, und Justus versuchte es zum zweiten Mal.

»Mr Terrill«, rief er. »Ich bin Justus Jonas. Bei mir ist Peter Shaw. Wir wollen nur mit Ihnen sprechen.«

Da verstummte plötzlich die Musik, und das leuchtende

blaue Gebilde bewegte sich. Es schwang sich anmutig zur Decke hinauf und blieb dort oben schweben.

Justus und Peter rissen Mund und Augen auf, als der gespenstische Organist so unerwartet die Flucht ergriff. Da merkten sie, dass in der Dunkelheit jemand neben ihnen war. Justus, die Kamera in der Hand, wurde vollkommen überrumpelt. Peter fand gerade noch Zeit, den Knopf an seiner Taschenlampe auf »An« zu schieben. Der Lichtstrahl erhellte zwei Männergestalten, eine von mittlerer Größe und eine ziemlich kleine; beide waren in wallende Kapuzenmäntel gehüllt, die Justus an Beduinen erinnerten. Sie warfen etwas Weißes in die Höhe.

Ein großes Netz fiel aus der Luft herab über Peters Kopf. Es schlug ihm die Lampe aus der Hand, sodass sie erlosch, und hüllte ihn von Kopf bis Fuß ein.

Er versuchte wegzulaufen, verfing sich mit dem Fuß in den Maschen des Netzes und stürzte auf den teppichbelegten Boden. Er wälzte sich und kämpfte verzweifelt, aber er merkte bald, dass er so unentrinnbar gefangen war wie der Fisch im Schleppnetz. Je wilder er um sich schlug, umso dichter und fester zogen sich die Schlingen des Netzes um ihn zusammen.

»Just!«, schrie er. »Hilfe!«

Sein Freund antwortete nicht. Nachdem Peter sich mit Mühe zur Seite gerollt und sich fast das Genick ausgerenkt hatte, sah er, warum.

Die beiden Männer hatten Justus wie einen Sack Kartoffeln in ihre Mitte genommen. Er hatte sich ebenso gründlich wie

Peter in ein dichtes Netz verstrickt. Mit einer kleinen Laterne als Lichtquelle schleppten sie den stämmigen Jungen an Schultern und Beinen durch den Saal und verschwanden durch eine Tür.

Sein Gewicht machte ihnen anscheinend ziemlich zu schaffen. Peter lag fast bewegungsunfähig in dem Netz, das ihn gefangen hielt. Er konnte im Finstern nichts erkennen als den Lichtschein, der hoch über ihm an der Decke leuchtete.

Das Gebilde schien zu pulsieren, es wurde größer, dann wieder kleiner – genau als ob das blaue Phantom ihn auslachte.

Eine absurde Vorstellung – doch wäre sie für ein mit schwarzem Humor begabtes Gespenst nichtsdestoweniger begründet: Zwei, die auszogen, ein Phantom zu entlarven, zappeln in sehr realen und kräftigen Netzen. (Wo war nun meine für dergleichen Zwischenfälle heimlich genährte Schadenfreude geblieben? Ich gebe es zu: Von hier an machte ich mir Sorgen um den Ersten und den Zweiten Detektiv.)

Im Verlies

Gleich darauf verblasste das blaue Licht und schwand schließlich ganz. Die Dunkelheit senkte sich wie eine schwere Decke auf Peter herab. Er versuchte noch einmal, sich freizustrampeln, und verwickelte sich dadurch nur noch hoffnungsloser in das große Netz.

Ganz schön in der Klemme!, dachte er verdrossen. Statt einen harmlosen alten Herrn in seiner Gespenstermaskerade zu ertappen, waren sie selbst überrumpelt worden. Die beiden Gesellen, denen sie ins Netz gegangen waren, hatten recht verwegen ausgesehen. Und sie hatten ihnen offenbar aufgelauert. Peter dachte an Bob und Morton, die unten an der Straße auf ihn und Justus warteten. Würde er sie jemals wiedersehen? Würde er seine Eltern wiedersehen?

Ihm war so jämmerlich zumute wie noch nie in seinem Leben. Da kam plötzlich ein Licht durch den Raum auf ihn zugetanzt. Als es sich näherte, erkannte Peter eine elektrische Laterne, die ein hochgewachsener Mann in der Hand hielt. Er trug lange Seidengewänder wie ein Fürst in einem Märchen aus Tausendundeiner Nacht.

Dann war der Mann bei Peter angelangt und leuchtete ihm mit der Laterne ins Gesicht. Peter sah brutale Augen, zu Schlitzen verzogen, und einen Mund voller Goldzähne.

»Ihr kleinen Narren«, sagte der Mann. »Warum konntet ihr nicht vernünftig sein und von hier wegbleiben wie die anderen? Nun müssen wir uns um euch kümmern.«

Er fuhr sich mit einem Finger quer über die Kehle und stieß einen hässlich klingenden Laut aus. Peter begriff. Ihm stockte das Blut.

»Wer sind Sie?«, fragte er. »Was haben Sie vor?«

»Ha!«, sagte der Mann. »Ins Verlies hinunter!« Er packte Peter wie einen Sack, warf ihn sich über die Schulter und ging zurück in die Richtung, aus der er gekommen war.

Da hing nun Peter über der Schulter des Mannes und konnte in der Finsternis kaum etwas erkennen. Er merkte, dass sie durch eine Tür gingen, dann einen Flur entlang und eine lange, gewundene Treppenflucht hinunter. Sie kamen auf einen Korridor, in dem es muffig und kalt war, durchschritten noch einige Türen und gelangten schließlich in einen kleinen, einer Zelle ähnlichen Raum. Ein Kerker! Ringsum an den Wänden waren verrostete Ringeisen eingelassen.

Etwas Weißes, Kokonartiges lag in einer Ecke. Daneben saß der kleinere Mann im Kapuzenmantel und wetzte ein langes Messer.

»Wo ist Abdul?«, fragte der Mann im Seidengewand. Er ließ

Peter auf den Steinboden fallen neben den Kokon, der sich als Justus entpuppte – auch er noch in sein Netz verwickelt.

»Er holt Linda her«, sagte der kleine Mann mit tiefer, kehliger Stimme. »Sie bringt mit der alten Rosa unsere Perlen ins Versteck. Wir müssen uns einig werden, was wir mit diesen jungen Füchsen tun sollen, die wir uns da eingefangen haben.«

»Ich denke, wir lassen sie in diesem gastlichen Zimmerchen und schließen die Tür ab«, sagte der andere Mann. »Da findet sie kein Mensch, und bald spukt es wirklich im alten Schloss.«

»Keine schlechte Idee«, grunzte der Mann mit dem Messer in der Hand. »Aber um sicherzugehen, sollten wir sie doch vorher ein wenig zur Ader lassen.« Er strich mit dem Daumen über die Schneide seines Messers.

Peter schnürte es beim Zusehen die Kehle zu. Er hätte gern seinem Freund etwas zugeflüstert, aber Justus lag so still neben ihm, dass Peter fürchten musste, er sei verletzt.

»Ich werde Linda suchen.« Der Mann steckte sein Messer in die Scheide und erhob sich. Er warf einen Blick auf die zwei Bündel am Boden. »Komm mit und hilf mir – wir müssen unsere Spuren verwischen. Die Fische hier entkommen ihrem Netz nicht so bald.«

»Du hast recht. Wir müssen uns beeilen.« Der hochgewachsene Mann im Seidengewand hängte seine Lampe an der Wand auf, ihr Licht schien hell auf die beiden Jungen. Dann eilten die Männer hinaus. Peter hörte ihre Schritte verhallen. Gleich darauf vernahm er ein Knirschen und Rumpeln, als werde ein großer Stein am Boden gewälzt. Und dann war alles still.

Endlich fing Justus zu sprechen an. »Peter«, fragte er, »geht es dir gut?«

»Kommt darauf an, was du unter gut verstehst«, antwortete Peter. »Wenn du meine heilen Knochen damit meinst – jawohl, mir geht's gut, alles ist in bester Butter!«

»Ich bin froh, dass du nicht verletzt bist.« Justs Stimme klang sehr aufgeregt. »Du musst entschuldigen, dass ich dich so unvermutet in Gefahr gebracht habe. Ich war meiner Sache so sicher!«

»Och, das hätte jedem passieren können«, gab Peter zurück. »Es war doch alles ganz logisch. Wer hätte gedacht, dass wir hier eine Verbrecherbande aufstöbern? Und draußen waren ja nirgends Spuren davon zu sehen, dass hier irgendwer Unterschlupf gesucht hat.«

»Ja, und ich war so fest überzeugt, dass Mr Terrill an allem schuld sei«, sagte Justus, »dass es mir überhaupt nicht eingefallen ist, jemand anderen zu verdächtigen. – Sag mal, kannst du deine Hände bewegen?«

»Ich kann mit dem kleinen Finger wackeln, wenn dir das etwas nützt«, meinte Peter. »Ich habe mich im Netz total verheddert.«

»Zum Glück habe ich die rechte Hand frei«, sagte Justus. »Ich bin schon eifrig dabei, hier loszukommen. Vielleicht kannst du mir helfen und mir sagen, wo ich jetzt schneiden muss.«

Peter wälzte sich mit Schwung zur Seite, und Justus tat es ihm gleich. Nun kehrte Just seinem Freund den Rücken zu, und Peter konnte sehen, dass er das Taschenmesser an seinem Gürtel erreicht hatte. Bei den acht Klingen befanden sich ein Schraubenzieher und eine Schere. Justus hatte das winzige Scherchen geöffnet und einige Maschen des Netzes durchschnitten, sodass er die Hand losbekommen hatte.

»Schneide mehr nach links«, flüsterte Peter. »Dann hast du gleich noch die linke Hand frei ... So!«

Die Schere war klein, und das Netz war offenbar aus kräftigem Nylongarn geknüpft, aber nach Peters Weisungen kam Justus gut voran. Bald hatte er beide Hände frei, danach ging es viel schneller. Er war gerade dabei, das Netz an der Unterseite ganz aufzuschneiden, als sie plötzlich Schritte hörten.

Im ersten Augenblick waren sie vor Schreck keiner Bewegung mächtig. Dann funktionierte Justs Verstand wieder, und er wälzte sich flink auf den Rücken, um das zerschnittene Netz zu verbergen. Mit klopfendem Herzen warteten sie.

Gleich darauf kam eine gebückte alte Frau herein, die eine Laterne hoch über ihrem Kopf hielt. Sie trug zerlumpte Kleidung und große goldene Ringe in den Ohren.

»Nun, ihr zwei Hübschen«, plapperte sie, »habt ihr es hier schön gemütlich? Ihr wolltet nicht auf die Warnung der alten Rosa hören – der guten alten Rosa, die sich damit so viel Mühe gegeben hat! Da seht ihr nun, wie weit ihr gekommen seid. Hört immer auf die Warnungen einer Wahrsagerin, meine Täubchen, und ihr werdet es nie bereuen.«

Die verkrampfte Haltung der Jungen machte die Alte wohl stutzig, denn plötzlich kam sie ganz nah heran.

»Tricks, meine Lieben, Tricks?«, meckerte sie. Gewandt drehte sie Justus zur Seite und sah das zerschnittene Netz. »Also das war es! Die Täubchen wollen wegfliegen!« Sie packte Justus am Handgelenk und drehte es herum. Das Messer fiel zu Boden, sie hob es rasch auf. »Dann müssen wir euch eben eine Lektion erteilen, ihr Hübschen«, sagte sie. Laut rief sie: »Linda! Stricke! Bring Stricke her! Unsere Täubchen wollten ausfliegen!«

»Ich komme, Rosa, ich komme«, antwortete eine Stimme, die weniger fremdländisch klang. Dann tauchte eine gut gekleidete Frau im Türrahmen auf. Sie hielt ein Seil in der Hand.

»Sie sind klug – sehr klug«, gurrte die alte Wahrsagerin. »Wir müssen sie festbinden, ganz fest. Hilf mir, diesen da zu halten. Ich will ihn fesseln.«

Peter blieb nichts übrig als zuzusehen, wie die beiden Frauen mit seinem Freund kurzen Prozess machten und ihn wieder gut festsetzten. Erst schnitten sie das Netz vollends los, dann banden sie Justus die Hände zur Sicherheit auf dem Rücken zusammen und fesselten ihn auch an den Füßen. Schließlich führten sie einen Strick von seinen Handgelenken durch einen alten verrosteten Eisenring, der in der Mauer eingelassen war.

Da das Netz um Peter noch unversehrt war, schlangen sie nur ein Seil um seinen Körper und verknüpften es fest.

»Nun werden sie hierbleiben, Linda«, meckerte die alte Frau. »Sie werden nicht loskommen. Ich habe die Männer überredet – wir dürfen keine Gewalt anwenden. Oh nein, grausam wollen wir nicht sein, wir dürfen kein Blut vergießen. Wir lassen

147

sie einfach hier und schließen die Tür zu diesem Verlies. Sie werden keinem Menschen mehr berichten, was hier geschehen ist.«

»Schade um sie«, sagte die andere Frau. »Es sind sicher nette Jungen.«

»Werde jetzt nicht weich, Linda«, kreischte die Wahrsagerin. »Wir haben abgestimmt, und du musst dich an die Abmachung halten. Beeile dich jetzt, wir müssen unsere Spuren verwischen und verschwinden.«

Sie schlurfte hinaus. Die andere ergriff ihre Laterne und leuchtete den beiden hilflos daliegenden Jungen ins Gesicht.

»Warum musstet ihr Burschen so eigensinnig sein?«, fragte sie. »Alle anderen bekamen Angst und kamen kein zweites Mal hierher. Eine kleine Melodie auf der Schreckensorgel genügte, und sie blieben weg. Warum musstet ihr auch so eigensinnig sein und immer wieder herkommen?«

»Die drei Detektive geben niemals auf«, sagte Justus eigensinnig.

»Manchmal ist es vernünftiger, aufzugeben«, entgegnete die Frau. »So, nun muss ich euch allein lassen. Ich hoffe, ihr werdet euch im Dunkeln nicht fürchten. Ich muss jetzt gehen.«

»Ehe Sie gehen«, sagte Justus – und Peter bewunderte die Gelassenheit, mit der sein Freund sprach –, »möchte ich Sie noch etwas fragen.«

»Nur zu, mein Junge, nur zu«, sagte die Frau.

»In welch kriminelle Unternehmung sind Sie und Ihre Bundesgenossen verwickelt?«, wollte Justus wissen.

»Oho, welch vornehme Ausdrucksweise!« Die Frau lachte. »Nun, junger Mann, wir sind Schmuggler. Wir schmuggeln Kostbarkeiten aus dem Orient, vor allem Perlen, und dieses alte Haus ist unser Hauptquartier. Jahrelang haben wir jeden von hier fernhalten können, weil wir es als Spukschloss tarnten. Es ist ein ausgezeichnetes Versteck.«

»Aber warum sind Sie alle so auffallend gekleidet?«, fragte der Junge weiter. »Sie müssen doch jedem, der Sie sieht, auffallen.«

»Uns sieht niemand, junger Mann«, sagte die Frau. »Und auf alle Fragen darf ich nicht antworten, sonst habt ihr nichts mehr zum Überlegen. Nun lebt wohl, falls wir uns nicht mehr wiedersehen – und das möchte ich eigentlich annehmen.«

Sie nahm die Lampe und ging rasch hinaus. Als die Tür hinter ihr ins Schloss gefallen war, hüllte Finsternis die beiden Jungen ein.

Peter fühlte seine Kehle trocken werden, die Zunge klebte ihm am Gaumen.

»Just!«, sagte er. »Sag doch was. Ich will etwas hören.«

»Oh, entschuldige.« Justs Stimme klang abwesend. »Ich war gerade beim Überlegen.«

»Beim Überlegen! Jetzt immer noch!«

»Natürlich. Ist dir nicht aufgefallen, dass Rosa, die Wahrsagerin, sich beim Hinausgehen nach rechts wandte und dass sie in diese Richtung den Flur entlang ging?«

»Nein, das habe ich nicht bemerkt. Was spielt das auch für eine Rolle?«

»Na, das war doch die entgegengesetzte Richtung – nicht der Weg, den wir gekommen sind. Sie ging demnach nicht wieder die Treppe zu den Räumen in der Burg hoch, sondern tiefer in das unterirdische Gewölbe hinein. Das lässt vermuten, dass da irgendwo ein Geheimgang sein muss. Und das würde auch erklären, warum man im Umkreis der Burg keine Spuren von irgendwelchen Bewohnern sieht.«

Alle Achtung! Sogar hier, in Fesseln, dem Verhungern im Burgverlies preisgegeben, waren Justs graue Gehirnzellen in Alarmbereitschaft.

»Und bei all deinen Überlegungen«, sagte Peter, »hast du wohl nicht daran gedacht, wie wir hier wieder rauskommen?«

»Nein«, sagte Justus, »das habe ich nicht getan. Ich kann mir nämlich beim besten Willen nicht vorstellen, wie wir ohne Hilfe von hier wegkommen sollten. Ich muss dich um Verzeihung bitten, Peter. Ich habe mich bei diesem Fall grundlegend getäuscht.«

Peter wusste auf diese Feststellung nichts zu erwidern, und so lagen die beiden Jungen schweigend da und horchten auf die leisen Geräusche in der Dunkelheit. Einmal huschte eine Maus über den Boden. Und irgendwo fielen Wassertropfen – so langsam, als würden den beiden Gefangenen die Minuten, die ihnen noch blieben, zugemessen – eine um die andere.

Dem Fragezeichen auf der Spur

Morton und Bob Andrews machten sich allmählich Sorgen. Seit einer Stunde saßen sie im Wagen und warteten auf Justs und Peters Rückkehr. Alle fünf Minuten schlüpfte Bob aus dem großen Wagen, um einen Blick auf die Hügel über dem Schwarzen Canyon zu werfen. Und etwa alle zehn Minuten stieg auch Morton aus und schaute sich um. Es war, als blicke man in den Schlund einer Riesenschlange. Schließlich sagte Morton: »Ich glaube, ich sollte sie suchen gehen.«

»Aber Sie können den Wagen nicht allein lassen, Morton«, erinnerte Bob. »Sie dürfen ihn nicht aus den Augen lassen.«

»Der junge Herr Jonas und sein Freund sind wichtiger als ein Automobil«, sagte Morton. »Ich werde mich auf die Suche machen.«

Er stieg aus dem Wagen und öffnete den Kofferraum. Bob kam ihm nach. Gerade griff der Chauffeur nach einer großen Notsignalleuchte. »Ich komme mit, Morton«, sagte Bob. »Es sind meine Freunde.«

»Gut, gehen wir zusammen.« Morton überlegte kurz und nahm noch einen schweren Hammer aus dem Kofferraum, um für den Notfall bewaffnet zu sein. Dann marschierten sie los zum Schwarzen Canyon. Wegen seines Beines hatte Bob es schwer, mit dem großen, drahtigen Mann Schritt zu halten, aber Morton stützte ihn hilfreich, wenn der steinige Pfad gar zu unwegsam wurde. Schneller, als sie gedacht hatten, waren sie beim Gespensterschloss angekommen.

Als Erstes fiel ihnen auf, dass die Eingangstür keinen Knauf mehr hatte und von außen gar nicht geöffnet werden konnte. Dann entdeckte Morton den losgerissenen Knauf auf den Fliesen.

»Die beiden sind offenbar nicht durch diese Tür gegangen«, sagte er. »Wir müssen uns nach einem anderen Eingang umsehen.« Suchend gingen sie vor der Hausfront auf und ab und leuchteten mit der Lampe in die Fenster. Plötzlich sah Bob das Zeichen – ein großes Fragezeichen. Es war mit Kreide auf einen der hohen Fensterflügel gemalt, der einen Spalt offen stand.

»Hier müssen sie reingegangen sein!«, rief er aufgeregt und erklärte Morton das geheime Symbol der drei Detektive. Sie stießen das Fenster auf und stiegen ein. Drinnen schwenkte Morton die Lampe in der Runde: Sie waren in einem ehrwürdigen Speisezimmer.

»Keinerlei Anzeichen, wo die zwei von hier aus hingegangen sind«, sagte Morton besorgt. »Da sind ein paar Türen – aber keine trägt das Zeichen.«

Doch da bemerkte Bob den großen Spiegel. Mitten aufs Glas war ein Fragezeichen gemalt.

»Sie sind doch wohl nicht in einem Spiegel verschwunden«, sagte Morton verdutzt. »Trotzdem – wir müssen uns die Sache ansehen.« Er griff nach dem Spiegelrahmen, und zu ihrer Verblüffung schwang er auf wie eine Tür. Dahinter erstreckte sich ein schmaler Gang.

»Eine Geheimtür!«, rief Morton. »Sie sind ganz sicher hier durchgegangen. Also müssen wir auch hinein.«

Bob wusste, dass er es niemals gewagt hätte, allein durch diesen engen, stockdunklen Gang zu gehen, aber Morton schritt unbeirrt durch die Öffnung. Bob blieb nichts anderes übrig als mitzukommen. Nachdem sie das Zeichen des Ersten Detektivs auf der Tür am Ende des Flurs entdeckt hatten, gingen sie auch dort hinein und gelangten so in den Vorführraum. Morton leuchtete die Wände ab, die zerschlissenen Samtvorhänge, die abgeschabten Sitze, die alte staubbedeckte Orgel. Doch von Justus und Peter fanden sie keine Spur.

Da sah Bob einen merkwürdigen Lichtschein unter einem der Sitze. Er bückte sich. »Morton!«, rief er. »Das ist Peters neue Taschenlampe!«

»Der junge Herr würde sie nicht einfach liegen lassen«, meinte Morton. »Hier muss etwas geschehen sein. Wir müssen ganz genau nachsehen.«

Auf allen vieren krochen sie durch den Gang zwischen den Sitzreihen. Morton hielt die Lampe dicht über den Fußboden. »Da – die Staubschicht ist überall ganz verwischt!«

Er hatte recht. Und mitten auf der Stelle, wo kein Staub mehr lag, war mit Kreide ein Fragezeichen hingekrakelt worden.

Morton war sichtlich erschrocken, als er das Zeichen bemerkte, aber er sagte Bob nicht, was er dachte. Er erhob sich und suchte sorgfältig den Boden ab, bis er im Staub Fußabdrücke fand. Er verfolgte sie an den Sitzreihen vorbei hinter die morsche Kinoleinwand und durch eine Tür. Dahinter war ein Korridor. Eine Wendeltreppe führte abwärts, noch tiefer in die pechschwarze Nacht. Der Flur hingegen lief weiter in eine andere Richtung.

Als sie noch dastanden und überlegten, welchen Weg sie gehen sollten – die Treppe hinunter oder den Gang entlang –, erspähte Morton auf der ersten Stufe ein fast unkenntliches Fragezeichen.

»Also hinunter«, sagte er. »Der junge Herr Jonas weiß sich zu helfen. Er hat eine Spur für uns hinterlassen.«

»Aber was meinen Sie, was passiert ist, Morton?«, fragte Bob, als sie die gewundene Treppe hinuntertrabten – rundherum, immer rundherum, bis er sich schwindlig fühlte.

»Das können wir nur vermuten«, sagte Morton und blieb kurz stehen, um ein neues Fragezeichen auf einem Treppenabsatz zu untersuchen. »Wenn der junge Herr zu Fuß gegangen wäre, hätte er sein Zeichen in Augenhöhe an die Wand gemalt. Das zwingt mich zu dem Schluss, dass er getragen wurde und sein Zeichen nur dann anbringen konnte, wenn der oder die Träger ihn absetzten, um auszuruhen. Den Fußboden konnte er wohl unbemerkt erreichen.«

»Aber wer sollte ihn in diesen Keller hinuntergetragen haben?«, fragte Bob bestürzt. »Wenn das überhaupt ein Keller ist. Es sieht mehr nach einem Kerker aus!«

»Es ist genau wie das Verlies, das ich einmal in einem alten Schloss in England sah, wo ich früher beschäftigt war«, erklärte Morton. »Kein sehr angenehmer Aufenthalt. Aber wer den jungen Herrn hier getragen hat – das kann ich nicht sagen. Ich fürchte, wir haben die Spur verloren.«

Sie waren unten an der Treppe angekommen. Drei Gänge führten in drei verschiedene Richtungen – jeder in stockfinstere Nacht. Kreidezeichen fanden sich nicht mehr.

»Wir machen das Licht aus und horchen«, schlug der Chauffeur vor. »Im Dunkeln hören wir vielleicht etwas.«

Sie lauschten angestrengt in die schweigende Finsternis. Plötzlich hörten sie einen Laut, als schabten zwei Steine gegeneinander. Im nächsten Augenblick sahen sie einen Lichtschimmer, der von weit hinten aus dem mittleren Gang kam.

»Justus Jonas!«, rief Morton laut. »Hallo!«

Eine Sekunde lang sahen sie eine Frau, die eine helle Laterne trug. Dann verschwand das Licht, und sie hörten noch einmal ein knirschendes Geräusch wie von großen Steinen. Wieder war alles still und dunkel.

»Ihr nach!«, befahl Morton. Er lief den Flur entlang, Bob musste hinterherhumpeln, so schnell er eben konnte. Als er den Chauffeur eingeholt hatte, hämmerte Morton gegen eine glatte Betonmauer. Der Gang war eine Sackgasse.

»Hier ist sie durchgegangen!«, sagte Morton. »Das kann ich

beschwören. Jetzt müssen wir starkes Geschütz auffahren.« Er zog den schweren Hammer aus dem Gürtel und begann die Wand zu bearbeiten. Gleich darauf spitzten beide die Ohren: An einer Stelle hatte es hohl geklungen.

Morton hämmerte kräftig dagegen, und der Beton fing an zu bröckeln. Erstaunlich schnell hatte Morton ein Loch in die Wand gehauen, die hier nur etwa fünfzehn Zentimeter dick war und aus Zement in einem Metallrahmen bestand.

Eine Geheimtür!

Als Morton sah, dass er hier ansetzen konnte, begann er heftig daran zu rütteln. Bald sprang die Tür auf und gab den Blick auf einen Gang frei, der geradewegs ins Berginnere zu führen schien. Decke und Wände waren aus behauenem Fels.

»Ein Tunnel!«, rief Morton. »Wer die Jungen entführt hat, ist hier durchgegangen. Die Frau gehört bestimmt auch dazu. Rasch – ehe sie uns entwischt!«

Er fasste Bob am Arm, und sie stiegen in den Tunnel ein. Nach wenigen Schritten wurde der Grund sehr uneben – und die Decke so niedrig, dass Morton sich bücken musste, um weiterzukommen. Dabei stieß er mit seiner Laterne gegen die Wand, sie entglitt ihm, und das Licht ging aus. Als Bob nach der Lampe tastete, hörte er ringsum Flügelschlagen, aufgeregtes Kreischen und Zirpen. Im nächsten Augenblick stieß ihn in der Dunkelheit etwas Weiches an. Dann streifte noch so ein Ding und noch eines seinen Kopf.

»Fledermäuse!«, schrie Bob entsetzt. »Morton, sie greifen uns an! Riesenfledermäuse!«

»Ruhig Blut, mein Junge!«, sagte Morton. »Nur nicht den Kopf verlieren.« Er kniete nieder und tastete nach seinem Licht. Bob verbarg den Kopf in den Armen. Große weiche Tierkörper flogen aus allen Richtungen gegen ihn, und eines der Geschöpfe versuchte, auf seinem Kopf zu landen. Er stieß einen wilden Schrei aus und schüttelte es ab.

»Morton!«, brüllte er. »Sie sind so groß wie Tauben! Es sind Riesentiere – Vampire!«

»Das glaube ich nicht, junger Herr«, meinte Morton, als seine Lampe endlich wieder brannte. Er richtete den Strahl zur Decke, und sie sahen Dutzende geflügelter Wesen umherflattern. Aber es waren keine Fledermäuse, sondern Vögel. Sobald die Tiere das Licht wahrnahmen, flogen sie mit aufgeregtem Zwitschern und Kreischen darauf zu.

Morton schaltete die Lampe aus. »Das Licht zieht sie an«, rief er Bob zu. »Wir wollen im Dunkeln zurückgehen. Hier, meine Hand.«

Bob ergriff Mortons Hand, und der Chauffeur übernahm tastend die Führung auf dem Rückweg durch den roh behauenen Gang. Die Vögel schienen sich davonzumachen, zumindest verstummte im Dunkel ihr Gekreische, sodass die beiden ungehindert zur Tür gelangten und den Keller des Gespensterschlosses wieder erreichten. Sie schlossen die Tür hinter sich, um die Vögel draußen zu halten.

»Ich glaube nicht, dass die beiden Freunde durch den Tunnel gebracht wurden«, meinte Morton. »Ihre Entführer hätten sie absetzen müssen, um die verborgene Tür zu öffnen. Das hätte dem jungen Herrn Jonas Gelegenheit gegeben, ein Zeichen anzubringen. Hier ist aber kein Zeichen.«

Nein, ein Zeichen war nicht zu sehen. Aber plötzlich begann jemand zu schreien, und es bestand kein Zweifel mehr, wem die Stimme gehörte. Justus rief um Hilfe. Im nächsten Augenblick fiel auch Peter ein. Die Stimmen kamen von hinten, man hörte sie nur ganz gedämpft. Morton lief den dunklen Gang zurück und stieß auf eine geschlossene Tür, die er übersehen hatte, als er der entschwindenden Frau nachgestürzt war. Dahinter war ein regelrechter Kerker mit eisernen Ringen in der Wand. Und da lagen Peter und Justus, eingewickelt und verschnürt wie Geschenkpakete. Sie schienen übrigens nicht allzu begeistert über ihre Rettung. Sie waren eher ungehalten darüber, dass man sie nicht früher gehört hatte. Während Morton die Stricke und Netze entzweischnitt, erklärte er ihnen, dass er bei der Jagd auf die geheimnisvolle Frau und beim Hämmern gegen die verborgene Tür wohl zu viel Lärm gemacht hatte, um sie rufen zu hören.

»Wir müssen sofort von hier weg und eine behördliche Untersuchung einleiten«, sagte er dann gemessen, während Justus und Peter sich den Staub abklopften. »Diese Leute sind gemeingefährlich. Sie hätten die jungen Herren umkommen lassen.«

Aber Justus war nicht bei der Sache. Er hatte die Ohren gespitzt, als Bob berichtete, wie er im Tunnel von Vögeln überfallen worden war.

»Was waren das für Vögel?«, fragte er.

»Was für Vögel?«, brummte Bob unwirsch. »Das habe ich sie nicht extra gefragt. Sie führten sich jedenfalls auf wie kleine Adler, als sie hinter uns her waren.«

»Sie waren aber ganz harmlos«, sagte Morton. »Nur das Licht zog sie an. Es waren anscheinend Sittiche, wenn ich mir die Bemerkung erlauben darf.«

»Sittiche!« Der Erste Detektiv fuhr auf wie von einer Hornisse gestochen. »Los, kommt alle mit! Wir müssen schnell etwas unternehmen!« Er riss seine Taschenlampe aus dem Gürtel und war wie der Blitz draußen.

Sieh an – Sittiche!? Der aufmerksame Leser wird schwerlich bestreiten können, dass derlei Geschöpfe ihm nicht ganz unbekannt sind.

»Was ist denn in den gefahren?«, fragte Peter, als Bob ihm seine Lampe wiedergab.

»Wahrscheinlich eine Erleuchtung«, antwortete Bob. »Auf jeden Fall können wir ihn nicht allein gehen lassen.«

»Ausgeschlossen«, stimmte Morton zu. »Wir müssen ihm folgen.«

Sie rannten hinter Justus her, der trotz seines Knöchelverbands schon fast fünfzig Meter Vorsprung hatte. Peter überholte Morton, der zurückblieb, um Bob zu helfen. Als die beiden endlich in den Tunnel krochen, sahen sie die Lichter der anderen weit voraus – sie hüpften auf und ab, dann verschwanden sie um eine Biegung im Felsengang.

Sie arbeiteten sich vor, so schnell sie konnten und ohne sich um die aufgescheuchten Sittiche zu kümmern, die sie umschwirrten. Schließlich gelangten sie auf ein gerades Wegstück und sahen die tanzenden Lichter vorn stillstehen. Als sie sie eingeholt hatten, standen sie vor einer weit geöffneten Holztür. Sie gingen durch und waren nun mit Justus und Peter in einem großen Drahtkäfig, umgeben von flatternden, angstvoll kreischenden Sittichen.

»Wir sind in der großen Voliere, in der Mr Rex seine Sittiche hält!«, rief Justus ihnen zu. »Der Ausläufer des Schwarzen Canyons muss genau parallel zum letzten Stück der Oberen Talstraße liegen – dazwischen sind nur der Grat und ein paar hundert Meter Geröllhalde. An diese Möglichkeit hatte ich nicht gedacht – die Schlucht und die Straße beginnen so weit voneinander entfernt, und dazwischen liegt der Berg!«

Justus drückte heftig gegen die Tür aus Drahtgeflecht, die den Käfig abschloss, und sie sprang auf. Alle vier schlüpften ins Freie und sahen, dass sie nur wenige Schritte von Mr Rex' kleinem Landhaus entfernt waren. Durchs Fenster konnten sie Mr Rex und einen kleinen Mann mit dichtem Haarschopf beobachten. Die beiden spielten Karten, als gebe es für sie im Augenblick nichts Wichtigeres.

»Wir wollen sie überraschen«, flüsterte Justus. »Macht eure Lampen aus.«

Schweigend folgten sie ihm ums Haus bis zur vorderen Eingangstür. Justus drückte auf die Klingel. Sofort ging die Tür auf. Mr Rex stand im Hausflur und starrte die Besucher an.

Bob konnte sich nun mit eigenen Augen davon überzeugen, wie unheimlich der Mann mit seinem Kahlkopf und der Narbe am Hals aussah.

»Nun, was gibt es?«, flüsterte Rex drohend.

»Wir möchten gern mit Ihnen sprechen, Mr Rex«, sagte Justus.

»Und wenn ich jetzt nicht gestört werden will?«

»Dann –«, Morton erhob seine Stimme, »– müssen wir die Polizei einschalten und eine Untersuchung verlangen.«

Mr Rex schien beunruhigt. »Das ist nicht nötig«, flüsterte er. »Kommt herein.«

Alle vier folgten ihm ins Zimmer, wo der andere Mann am Kartentisch saß. Er war zierlich, kaum größer als ein Meter fünfzig.

»Das ist mein alter Freund Charles Grant«, sagte Rex. »Charlie, das sind die Jungen, die sich mit dem Gespensterschloss beschäftigt haben. Na, seid ihr den Geistern schon begegnet?«

»Ja«, sagte Justus dreist. »Wir haben das Geheimnis des Schlosses entschleiert.« Es klang so überzeugend, dass Peter und Bob stutzten. Dass sie etwas entschleiert haben sollten, hörten sie zum ersten Mal.

»Wirklich?«, fragte der Flüsterer. »Und was verbirgt sich dahinter?«

»Sie und dieser Mann hier«, sagte Justus, »sind die Gespenster, die im Schloss spukten und die Leute vergraulten. Und vor ein paar Minuten haben Sie Peter Shaw und mich im Verlies unter dem Schloss gefesselt und dort liegen lassen.«

»Das ist eine sehr schwerwiegende Anschuldigung«, flüsterte Rex. »Und ich wette, du kannst sie nicht beweisen.«

Das glaubte Peter auch. Sie waren doch von einer alten Wahrsagerin und einer anderen Frau gefesselt worden.

»Sehen Sie sich Ihre Schuhspitzen an«, sagte Justus. »Ich habe unser Geheimzeichen daraufgemalt, als Sie neben mir standen und mich fesselten.«

Die beiden Männer blickten auf ihre Schuhe nieder – die andern ebenfalls. Auf dem blanken schwarzen Leder der beiden rechten Schuhspitzen prangte mit Kreide das Symbol der drei Detektive – ein Fragezeichen.

Interview mit einem Gespenst

Beide Männer sahen betroffen aus. Peter, Bob und Morton waren nicht minder verdutzt.

»Aber –«, fing Peter an.

»Sie trugen nur Frauenkleider und Perücken«, sagte Justus. »Das merkte ich, als ich ihre Schuhe anfasste und dabei entdeckte, dass sie Männerschuhe anhatten. Dann begriff ich, dass die fünf Mitglieder der Bande, die uns gefangen hielt, in Wahrheit immer dieselben zwei Männer in wechselnder Verkleidung waren.«

»Du meinst, die Männer in den Kapuzenmänteln und im seidenen Gewand und die beiden Frauen – die waren bloß Mr Rex und Mr Grant?«, fragte Peter verblüfft.

»Er hat recht.« Aus Mr Rex' Flüstern war Überdruss herauszuhören. »Wir spielten eine große Bande, um euch einen tüchtigen Schrecken einzujagen. Die Kostüme mit Umhängen oder Röcken konnten wir sehr schnell an- und ausziehen. Doch ihr dürft nicht glauben, dass wir euch etwas Böses tun wollten.

163

Ich war gerade auf dem Weg zu euch, um euch loszubinden – aber da hatten mich eure Freunde schon gesehen.«

»Wir sind keine Mörder«, sagte der kleine Mann, Mr Grant. »Und auch keine Schmuggler. Wir sind nur Gespenster.« Er unterdrückte ein Lachen, aber Mr Rex sah ernst aus.

»Ich bin ein Mörder«, sagte er. »Ich habe Stephan Terrill getötet.«

»Ach ja, richtig«, sagte der kleine Mann, als sei ihm das vorübergehend entfallen – wie man vergessen kann, seine Uhr aufzuziehen. »Den hast du um die Ecke gebracht. Aber das zählt wohl kaum.«

»Die Polizei dürfte anders darüber denken«, widersprach Morton. »Herrschaften, wir melden den Fall wohl besser der nächsten Dienststelle.«

»Nein, warten Sie.« Der Flüsterer hob die Hand. »Lassen Sie mir einen Augenblick Zeit, und ich werde Ihnen Stephan Terrill persönlich vorstellen.«

»Sie meinen – seinen Geist?«, rief Peter entsetzt.

»Natürlich. Sprechen Sie mit seinem Geist, und er wird Ihnen erklären, warum ich ihn umgebracht habe.«

Ehe ihn jemand aufhalten konnte, verschwand der Flüsterer durch die Tür zum Nebenzimmer.

»Regen Sie sich nicht auf«, sagte Mr Grant. »Er will nicht fliehen. Er kommt gleich wieder. Übrigens, da hast du dein Messer wieder, Justus Jonas.«

»Danke schön«, sagte Justus. Das Messer war ihm lieb und teuer.

Nach kaum einer Minute ging die Tür wieder auf, und ein Mann trat ins Zimmer. Doch diesmal war es nicht der Flüsterer. Der Mann hier war kleiner und sah jünger aus. Er hatte sorgfältig gekämmtes graubraunes Haar und trug eine Tweedjacke. Mit freundlichem Lächeln blickte er in die Runde.

»Guten Abend«, sagte er. »Ich bin Stephan Terrill. Sie wollten mich sprechen?«

Alle starrten ihn an, keines Wortes mächtig. Sogar Justus fand die Sprache nicht wieder.

Schließlich ergriff Mr Grant das Wort. »Es ist wirklich Stephan Terrill«, versicherte er.

Justus verzog das Gesicht, als habe er in einen schönen, saftigen Apfel gebissen und hinterher einen Wurm darin gefunden. Er war sichtlich wütend – auf sich selbst. »Mr Terrill«, sagte er. »Sie sind auch Jonathan Rex, der Flüsterer, stimmt's?«

»Was – der Flüsterer?«, rief Peter. »Aber der ist doch größer und hat eine Glatze, und –«

»Wie die Herrschaften belieben«, sagte Stephan Terrill. Blitzschnell riss er sich die Perücke herunter und wies einen haarlosen Kopf vor. Dann stellte er sich sehr aufrecht hin, sodass er viel größer wirkte, kniff die Augen zusammen, veränderte seine Mundstellung und zischte: »Keine Bewegung, wenn euch euer Leben lieb ist!«

Es war so überzeugend, dass sie alle zusammenzuckten. Das war wirklich der Flüsterer! Und er war auch der Filmstar, den man schon so lange für tot hielt. Das wurde nun auch Bob und Peter klar.

Mr Terrill zog etwas Seltsames aus der Tasche. Es war eine künstliche Narbe aus Plastik. »Sobald ich dieses Ding an meinen Hals klebte, meine Perücke abnahm und meine Schuhe mit den hohen Einlagen anzog, war Stephan Terrill ausgelöscht«, erklärte er. »Ich sprach nur noch mit unheimlicher Flüsterstimme und wurde zu dem Furcht einflößenden Menschen, den man den Flüsterer nannte.«

Er setzte seine Perücke auf und sah wieder ganz alltäglich aus. Nun fragten alle durcheinander, und er hob die Hand. »Setzen wir uns doch«, schlug er vor, »und ich will alles erklären. Ihr seht hier dieses Bild?« Er wies auf das Foto, das ihn zeigte, wie er den Flüsterer begrüßte – in Wahrheit schüttelte er sich selbst die Hand. »Das war natürlich eine Trickaufnahme – damit die Täuschung vollkommen war: zwei verschiedene Männer vor vielen Jahren. Als ich am Anfang meiner Karriere stand, fand ich nämlich meine Schüchternheit und mein Lispeln sehr hinderlich für geschäftliche Verhandlungen. Ich sprach nicht gern mit anderen Leuten. Ich konnte meine Sache nicht vertreten. Deshalb erfand ich die Figur des Flüsterers als meinen Manager. Der Flüsterer sprach immer mit einem scharfen Zischen, das mein Lispeln verdeckte, und er sah so bedrohlich aus, dass mir Verhandlungen überhaupt keine Schwierigkeiten bereiteten. Niemand außer Charlie Grant, meinem Freund hier, wusste, dass ich beide Männer in meiner Person vereinigte. Er half mir dabei, mich aus Stephan Terrill in den Flüsterer zu verwandeln.

Das Verfahren bewährte sich, bis ich meinen ersten Tonfilm

drehte. Damals lachte die ganze Welt über mich! Es war niederschmetternd für meinen Stolz. Ich zog mich in mein Heim zurück. Als ich dazu noch erfuhr, dass die Bank mir das Haus nehmen wollte, verlor ich allen Mut und war verzweifelt.

Beim Bau des Hauses hatten die Arbeiter damals eine Verwerfung im Gestein des Schwarzen Canyons entdeckt. Die dadurch entstandene Höhlung lief quer durch das Innere des Bergkamms zur anderen Seite, wo die Talstraße endet. Ich ließ den natürlichen unterirdischen Gang abstützen und brachte heimlich eine verborgene Tür an. Dann trat ich als Jonathan Rex auf, erwarb das Land am anderen Ende des Geheimgangs und baute mir dort ein Häuschen. Auf diese Weise konnte ich im Schloss ein und aus gehen, und niemand durchschaute meine Doppelrolle.

In dieser Zeit unternahm ich oft lange einsame Fahrten mit dem Wagen, um meine tiefen Depressionen abzuschütteln. Eines Tages fuhr ich hoch über dem Meer die Uferstraße entlang. Da kam mir die glänzende Idee, einen Unfall vorzutäuschen.«

»Und dann steuerten Sie den Wagen absichtlich über die Klippe, nicht wahr?«, warf Justus ein.

Terrill nickte. »Ja. Erst schrieb ich den Abschiedsbrief und hinterließ ihn an gut sichtbarer Stelle. Dann inszenierte ich in einer finsteren Sturmnacht den Unfall und ließ meinen Wagen über die Klippe stürzen – ich selbst stieg natürlich vorher aus. Und das war Stephan Terrills Ende. Auch für mich existierte er nicht mehr – er war so gut wie tot und begraben, und mir war es recht so. Ich wollte mein Schloss behalten. Der Gedanke, dass es jemand anderem gehören und als Wohnung dienen sollte, war mir unerträglich.

Obwohl das Schloss jetzt unbewohnt war, konnte ich es durch den Gang betreten, wann ich wollte. Deshalb war ich insgeheim Zeuge, wie die Polizisten das Haus durchsuchten, und ich sorgte dafür, dass sie schleunigst wieder draußen waren. Als ich das Schloss bauen ließ, hatte ich ein paar technische Kniffe eingeplant, die meinen Freunden das Gruseln beibringen sollten. Später kamen sie mir sehr zustatten – sie halfen den allgemeinen Eindruck zu festigen, dass es im Schloss Gespenster gebe.

Als die Bank Leute schickte, die mein Hab und Gut wegtragen sollten, ließ ich die Gespenster noch kräftiger rumoren. Bald brauchte ich kaum noch etwas dazuzutun, um allen, die ins Haus kamen, einen Schrecken einzujagen. Ihre Fantasie besorgte es bereits für sie. Aber ich war darauf bedacht, dass das abschreckende Bild meines Schlosses nicht verblasste. Und um jeden zu vertreiben, der auf die Idee kommen könnte, das Schloss zu kaufen, ließ ich von Zeit zu Zeit Steine über den Hang zur Straße hinunterrollen.

Mein Plan funktionierte. Keiner wollte der Bank das Schloss abkaufen. In der Zwischenzeit sparte ich, um es selbst kaufen zu können. Als Jonathan Rex, Züchter seltener Vögel, hatte ich schließlich fast schon die Anzahlung beisammen... Dann kamt ihr Jungen mir in die Quere.«

Der Schauspieler seufzte. »Ihr wart viel hartnäckiger als all die anderen, die vor euch hier waren«, sagte er.

»Mr Terrill«, fragte Justus, der sehr aufmerksam zugehört hatte, »haben Sie uns damals nach unserem ersten Besuch mit verstellter Stimme angerufen, damit wir Angst bekommen sollten?«

Der Mann nickte. »Ich dachte, das würde euch eher abhalten.«

»Aber woher wussten Sie, dass wir an jenem Abend kommen wollten, und woher wussten Sie, wer wir waren?«, fragte Justus.

Stephan Terrill lächelte. »Mein Freund hier, Charlie Grant, ist mein Späher«, sagte er. Der kleine Mann nickte. »Ganz nahe beim Eingang zum Schwarzen Canyon steht gut verborgen ein Häuschen. Dort wohnt Charlie. Wenn er jemanden auf die Schlucht zugehen sieht, ruft er mich an, und ich schlüpfe flink durch meinen Tunnel, um den Besuch zu empfangen. Als Charlie den Rolls-Royce in die Schlucht einfahren sah, erkannte ich aus seiner Beschreibung den Wagen, von dem ich in der Zeitung gelesen hatte. Und natürlich hatte ich auch gelesen, dass der Gewinner in diesem Wettbewerb Justus Jonas hieß. Ihr Jungen seid ja an diesem Abend ganz schön flink davongelaufen. Bitte nehmt das nicht tragisch – andere waren noch schneller auf dem Rückzug. Ich ging zu meinem Haus zurück und schaute im Telefonbuch nach. Als ich den Namen nicht fand, rief ich die Auskunft an und erfuhr, dass der Anschluss neu eingerichtet war. Dann rief ich an.«

»Ach«, sagte Justus, und Peter kratzte sich am Kopf. Wie Justus richtig gesagt hatte: Die Lösung so vieler Rätsel ist ganz einfach – wenn man darauf kommt. Aber bis dahin gibt es manch harte Nuss zu knacken!

»Also deshalb ist Skinny Norris – ich meine diesen anderen Jungen – mit seinem Freund so schnell ausgerissen, als Peter und ich Sie damals besuchen kamen«, stellte Justus fest.

»Ja, Charlie hatte mich gewarnt, und ich erwartete sie schon. Dass ihr aber fast zur gleichen Zeit auch noch auftauchtet, traf uns unvorbereitet.«

Der kleine Mr Grant wurde ganz verlegen. »Das möchte ich euch gern erklären, Jungen«, sagte er. »Als ihr angefahren kamt, war es für mich zu spät, meinen Freund Stephan zu benachrichtigen. Deshalb stieg ich durch einen Seitenweg in die Schlucht, um Ausschau zu halten. Ich beobachtete diese anderen Jungen, wie sie davonrannten und von euch verfolgt wurden. Dann brachte ich versehentlich einen Stein ins Rollen, und da schautet ihr herauf und entdecktet mich.«

»Ach, Sie waren der Mann, auf den wir es abgesehen hatten!«, platzte Peter heraus. »Und Sie schickten uns den Bergrutsch hinterher!«

»Wirklich – es war nicht meine Absicht«, sagte Mr Grant ernst. »Da war ein Steinhaufen aufgeschichtet, den man nur im richtigen Augenblick anzustoßen brauchte, um einem Interessenten für das Schloss die Kauflust zu verderben. Ich wollte mich dahinter verstecken und stieß aus Versehen dagegen. Ich machte mir richtig Sorgen, ob die Steine euch wohl getroffen hätten, obgleich ich euch noch in der Höhle verschwinden sah. Dann bemerkte ich aber, wie die Spitze eines Stocks durch das aufgeschüttete Geröll vor dem Eingang drang, und da dachte ich mir, dass ihr davongekommen seid. Ich wartete noch, bis ihr heil wieder draußen wart. Wenn ihr es allein nicht geschafft hättet, wäre ich euch zu Hilfe gekommen.«

Peter wusste an diesem Punkt nichts mehr zu sagen. Die Erklärungen von Mr Terrill und Mr Grant hatten Licht in das Dunkel gebracht. Jetzt konnte man sich leicht vorstellen, wieso die beiden Männer jedes Mal gewappnet waren, wenn die Detektive zur Burg kamen.

Doch Justus grübelte immer noch. »Ich glaube, das meiste begreife ich jetzt«, sagte er. »Aber ein paar Punkte sind mir immer noch unklar.«

»Frag nur, was du wissen möchtest«, ermunterte ihn Stephan Terrill. »Du hast es verdient, dass du alles erfährst.«

»An dem Nachmittag, als wir Sie besuchten, Mr Terrill«, sagte Justus, »hatten Sie einen Krug Limonade bereitgestellt, als ob Sie uns erwarteten. Dann sagten Sie, Sie hätten Buschwerk geschnitten, und das stimmte nicht. Es sind Kleinigkeiten, aber ich würde sie gern klargestellt sehen.«

Der Schauspieler lachte leise. »Als ihr euch aus der Höhle im Berg befreit hattet«, sagte er, »wart ihr zu sehr anderweitig beschäftigt, um meinen Freund Charlie zu bemerken. Er beschattete euch auf dem Rückweg zum Wagen. Dann versteckte er sich in der Nähe und hörte, wie ihr dem Fahrer meine Adresse nanntet. Sobald ihr losgefahren wart, rief er mich an.

Ich bereitete mich sogleich auf euren Besuch vor. Von meinem Fenster aus kann ich ein Stück der Oberen Talstraße überblicken. Und diesen alten Rolls-Royce erkennt man ja sofort. Als ich ihn sah, machte ich die Limonade. Dann schlug ich mich in die Büsche und nahm als Vorwand mein Messer mit. Ich beobachtete euch schon, als ihr den Weg zum Haus heraufkamt.

Bis dahin hatte ich noch nicht entschieden, wie ich mit euch verfahren sollte. Aber dann entschloss ich mich, als Freund aufzutreten und euch etwas zu trinken anzubieten. Danach wollte ich versuchen, euch mit den gruseligen Legenden vom Schloss abzuschrecken, damit ihr nicht noch einmal freiwillig hingehen solltet. Bitte denkt daran, dass ich mich sehr bemühte, möglichst wenig Unwahrheiten zu erzählen. Dass Stephan Terrill tot sei, sagte ich freilich – aber für mich existierte er ja auch nicht mehr.

Ich sagte auch, dass ich nie wieder durch die Tür des Schlosses gegangen sei. Das stimmte. Ich kam und ging durch den unterirdischen Gang. Da der Zugang in meinem Vogelkäfig lag, konnte ich dort ungesehen ein und aus gehen. Heute Abend war ich so in Eile, dass ich die Tür offen stehen ließ, und deshalb flogen die Vögel in den Tunnel.«

Justus bearbeitete wieder einmal seine Unterlippe. »Da ist noch die Wahrsagerin, die Sie schickten, damit sie uns warnen sollte, Mr Terrill«, sagte er. »Das war doch Ihr Freund, Mr Grant, als alte Frau verkleidet, nicht wahr?«

»Richtig, mein Junge. Als ich erfuhr, dass ihr euch als Detektive betätigt, wusste ich, dass ihr nicht so schnell aufgeben würdet. Also verkleidete sich Charlie als Wahrsagerin und überbrachte euch die zweite Warnung. Ich hoffte, dass euch das von weiteren Besuchen abhalten werde.«

»Es machte mich erst recht neugierig, Mr Terrill«, erklärte Justus liebenswürdig. »Niemand hatte bisher solche Warnungen erhalten. Ich fand es merkwürdig, dass ausgerechnet wir gewarnt wurden. Geister halten sich nicht damit auf, die Leute zu warnen. Also überlegte ich mir, dass es ein Mensch sein musste, der uns nicht im Gespensterschloss haben wollte. Als ich dann Bobs Fotos genau ansah, fiel mir auf, dass die Rüstung in der Echohalle nicht sehr rostig war und dass in Ihrer Bibliothek nicht viel Staub lag. Nach all den Jahren müsste sich doch viel Rost und Staub angesammelt haben. Es sah ganz so aus, als ob sich jemand im Gespensterschloss heimlich um alles kümmere. Und der Mensch, dem die Burg am meisten bedeutete, war der Eigentümer, Stephan Terrill. So kam ich endlich zu dem Schluss, dass Sie noch am Leben sein mussten, Mr Terrill. Heute Abend machten Sie mir natürlich einen Strich durch die Rechnung, als Sie und Ihr Freund uns als internationale Schmugglerbande gefangen setzten. Ich glaube, Sie waren jeweils einer der Männer und die jüngere Frau, und Mr Grant spielte den kleineren Mann mit Kapuze und die alte Wahrsagerin?«

»Ja, du hast recht«, meinte Stephan Terrill augenzwinkernd. »Wir machten uns über meine große Perücken- und Kostümsammlung her. Ich wollte euch einen tüchtigen Schrecken einjagen. Ich dachte, dass ihr eure Detektivarbeit im Gespensterschloss aufgeben würdet, wenn ihr nicht nur Geister, sondern auch die Rache einer Schmugglerbande zu fürchten hättet. Ihr wart mir eben zu übereifrig geworden! Na ja, das war wohl die ganze Geschichte. Gibt es noch etwas, was ihr wissen wollt?«

»Eine ganze Menge!«, meldete sich Peter. »Erstens: Was war mit dem Auge, das uns am ersten Abend aus dem Bild anstarrte?«

»Das war mein Auge«, sagte Stephan Terrill. »Hinter der Bilderwand liegt ein Geheimgang, und in dem Bild war ein Guckloch.«

»Aber als Bob und ich später das Bild genau untersuchten«, wandte Peter ein, »war kein Loch drin.«

»Nachdem ihr davongelaufen wart, hängte ich ein anderes, ähnliches Bild dort auf«, sagte Mr Terrill. »Für den Fall, dass ihr nochmals zurückkommen und nachsehen würdet.«

»Aber das blaue Phantom?«, fragte Peter weiter. »Und die alte Orgel, die so unheimliche Töne von sich gab? Und die Nebel des Grauens? Und das Gespenst im Spiegel? Und der eiskalte Luftzug in der Echohalle?«

»Das erzähle ich euch aber nicht gern«, sagte Terrill. »Das ist so, wie wenn ein Zauberer seine Tricks erklärt. Aber ihr sollt alles erfahren, wenn ihr es wirklich wissen wollt –«

»Ich glaube, es ist mir gelungen, einige Ihrer Methoden zu durchschauen, Mr Terrill«, unterbrach Justus. »Der kalte Luftzug war das Gas, das beim Schmelzen von Trockeneis frei wird, es drang durch ein Loch in der Wand. Die unheimliche Musik war eine Schallplatte, die über einen Verstärker rückwärts abgespielt wurde. Das blaue Phantom war wahrscheinlich Mull, mit Leuchtfarbe getränkt. Die Nebel des Grauens waren sicherlich Chemikalien, die Rauch entwickeln. Sie leiteten ihn durch kleine Öffnungen in den Gang.«

»Stimmt genau, mein Junge«, gab Stephan Terrill zu. »Ich nehme an, dass du den Methoden zur Erzeugung dieser Phänomene erfolgreich nachspüren konntest, sobald du einmal gemerkt hattest, dass hinter den seltsamen Erscheinungen menschliche Kräfte steckten.«

»Ja, so war es«, sagte Justus. »Und der Geist im Spiegel war wahrscheinlich eine Projektion. Nur über eine Sache bin ich mir nicht im Klaren. Wie ist es Ihnen gelungen, das Gefühl der Beklemmung und des Entsetzens beim Aufenthalt in der Burg hervorzurufen?«

»Bitte verlangt nicht, dass ich euch alles erkläre«, wehrte der Schauspieler ab. »Etwas von meinen Geheimnissen möchte ich doch für mich behalten. Ihr habt schon genug herausgefunden, um alle meine Pläne zu durchkreuzen. – Jetzt möchte ich euch etwas zeigen. Da, schaut her!«

Er öffnete die Tür, durch die er vorher gegangen war, um sich aus dem bedrohlichen Flüsterer in Stephan Terrill zu verwandeln. Die Jungen sahen eine große Garderobe. Kostüme aller Art hingen an den Wänden. Perücken türmten sich auf Ständern. Und in einer Ecke lag ein gewaltiger Stapel der runden Blechschachteln, in denen Filme aufbewahrt werden.

»Hier in diesem Zimmer«, sagte der Schauspieler, »– hier lebt Stephan Terrill. Diese Kostüme. Die Perücken hier. Und all die Filme dort. Sie sind mein eigentliches Ich. Stephan Terrill ist nur ein Instrument, das aus diesen Kostümen und Perücken seltsame Gestalten schuf und Millionen Menschen in aller Welt spannende Unterhaltung bereitete. Lange Zeit war das Gespensterschloss das Letzte, worauf ich stolz sein konnte. Hier jagte ich den Leuten noch Schauer über den Rücken, anstatt von ihnen ausgelacht zu werden. Die ganze Zeit hindurch übte ich. Es gelang mir, mein Lispeln zu überwinden. Ich lernte, mit tieferer Stimme zu sprechen, zu reden wie ein Gespenst, eine Frau, ein Seeräuber – und viele Dutzende andere Gestalten. Ich träumte von einem Comeback. Aber mit der Zeit war die Art Filme, die ich früher machte, aus der Mode gekommen. Gruselfilme werden heute oft nur noch gedreht, um das Publikum zu amüsieren. In die alten Filme, die sie im Fernsehen zeigen, werden komische Stimmen und Geräusche extra einkopiert, um sie lächerlich zu machen. Und ich weigere mich, mein Talent für so billige Späße zu verschleudern!«

Mr Terrill hatte sich in Hitze geredet.

Er schlug sich mit der Faust in die Handfläche und atmete hörbar. »Aber jetzt ist für mich alles aus. Das Phantom im Gespensterschloss kann ich nicht mehr sein, und das Haus werde ich verlieren. Ich kann auch nicht mehr den Flüsterer spielen. Ich weiß nicht, was ich tun soll.«

Er hielt inne, um seine Fassung wiederzugewinnen, und Justus, der seine Lippe geradezu malträtiert hatte, begann zu sprechen.

»Mr Terrill«, fragte er, »sind in den Schachteln dort all die herrlichen schaurigen Filme aufbewahrt, die Sie gemacht haben und die man nie wieder zu Gesicht bekommen hat?«

Der Schauspieler nickte und sah Justus scharf an. »Was hast du vor?«, wollte er wissen.

»Ich habe eine Idee, wie Sie Ihr Schloss zurückbekommen und den Leuten weiterhin Unterhaltung und Nervenkitzel bieten können«, sagte Justus. »Ich meinte nämlich –«

Und wie so oft hatte Justus eine fantastisch gute Idee.

Justus ist Titus Jonas' Neffe und nicht mit mir verwandt – aber was die Originalität seiner Einfälle angeht, so wäre letztere Vorstellung wahrhaftig nicht ganz abwegig zu nennen. So wurde es mir an diesem Punkt nicht mehr schwer, jenes schlau erpresste Versprechen einzulösen. Und da mir der spekulative Reiz, der darin liegt, einem Nachwuchstalent die zweite Chance zu geben, nur zu gut bekannt ist, ließ ich mich sogar zu Weiterem verleiten (auf den nächsten Seiten nachzulesen). Meine gute Nase hat mich bei den drei Detektiven – so hoffe ich – nicht getrogen!

Auf gute Zusammenarbeit!

Am nächsten Morgen, als Morton und der schnelle Rolls-Royce die Jungen zu Mr Hitfield nach Hollywood brachten, sah Justus nicht gerade glücklich aus. Peter wusste, wo ihn der Schuh drückte. Just konnte es sich noch immer nicht verzeihen, dass er nicht früher darauf gekommen war, in dem Flüsterer und in Stephan Terrill ein und dieselbe Person zu sehen.

Sie fuhren ohne Bob zu Mr Hitfield. Ihr Freund musste an diesem Vormittag wieder einmal arbeiten.

»Als Morton davon sprach, dass in dem Geheimgang unter dem Gespensterschloss Sittiche waren«, sagte Justus aus tiefgründigen Gedanken heraus, »da dachte ich mir gleich, dass sie Mr Rex gehörten – ja, und dass der Gang direkt in den Käfig führen musste, wo er seine Vögel hält. Und ich konnte mir auch denken, dass er die Tür aus Versehen offen gelassen hatte. Aber da war mir noch nicht klar geworden, dass Mr Rex in Wirklichkeit Mr Terrill ist.«

»Alles andere hattest du schon herausgefunden«, stellte Peter fest. »Sogar dass Mr Terrill noch am Leben ist – nur warst du eine Zeit lang auf der falschen Spur. Du kannst schon stolz auf dich sein.«

Aber Justus schüttelte nur den Kopf.

Diesmal hatten sie keine Schwierigkeiten, zu Albert Hitfield vorzudringen. Die Wache am Tor gab winkend den Weg frei, und wenig später saßen Justus und Peter wieder im Zimmer des Regisseurs.

»Na, ihr Jungs«, brummte Mr Hitfield. »Was gibt es zu berichten?«

»Wir haben ein Spukschloss gefunden, Sir«, sagte Justus.

»Oh, wirklich?« Albert Hitfield hob zweifelnd eine Augenbraue. »Und was für eine Art Gespenst ist dort anzutreffen?«

»Das ist das Problem«, gestand Justus. »In dem Haus spukte ein Mensch, der noch gar nicht tot ist.«

»Hmm. Das klingt interessant.« Mr Hitfield lehnte sich im Stuhl zurück. »Erzähl mir davon.«

Er hörte sich den Bericht aufmerksam an. Als Just geendet hatte, meinte er: »Es freut mich, dass Stephan Terrill noch am Leben ist. Er war zu seiner Zeit ein großer Künstler. Aber ich gestehe, dass es mich reizt zu erfahren, wie er die Atmosphäre des Grauens schuf, die sein Schloss erfüllte und jeden Eintretenden in ihren Bann schlug.«

»Das wollte uns Mr Terrill lieber nicht sagen«, erwiderte Justus. »Aber ich glaube, ich habe es erraten. Ich las kürzlich ein Buch, um meinem Onkel beim Zusammenbau einer Orgel helfen zu können, und darin war erwähnt, dass Schwingungen, die unterhalb des Schallfrequenzbereichs liegen – also Töne, die für das menschliche Ohr zu tief sind –, auf das Nervensystem merkwürdige Auswirkungen haben. Ich vermute, dass sich in der ausgedienten Orgel einige Pfeifen befinden, die so langsame Schwingungen erzeugen, dass sie weniger gehört als vom Nervensystem im Körper wahrgenommen werden. In gewisser Entfernung wirken sich diese Schwingungen als Unbehagen und Beklemmung aus. Aus der Nähe rufen sie wahrscheinlich Angst und Entsetzen hervor. Jenseits der Schlossmauern ist die Wirkung nicht mehr wahrzunehmen. Diese Tatsache haben meine Freunde eines Abends für mich geprüft.«

Peter warf Justus einen Blick zu. Also deshalb hatte Justus darauf bestanden, dass er und Bob an jenem Tag noch zum Gespensterschloss gingen! Peter lag eine scharfe Entgegnung auf der Zunge, aber da ergriff Albert Hitfield wieder das Wort.

»Junger Mann«, sagte er, »du hast ganze Arbeit geleistet und das Rätsel des Gespensterschlosses gelöst. Das wäre also geschafft – aber was wird nun aus Stephan Terrill? Mir scheint, dass du ihm keinen Dienst erwiesen hast, als du sein Geheimnis ans Licht brachtest.«

Justus rückte unruhig auf seinem Sitz hin und her. »Mr Terrill hat aber eine Idee«, sagte er. »Er ist sogar ganz begeistert davon. Er will seine Ersparnisse aus der Sittichzucht für den Rückkauf der Burg verwenden. Er hat da einen Plan, und ich glaube bestimmt, dass sie ihm noch ein Darlehen geben werden, wenn er ihn erklärt. Zunächst will er nämlich als Stephan Terrill, der lang verschollene Filmstar, wieder auftauchen und in die Burg einziehen. Die Zeitungen werden natürlich ausgiebig darüber schreiben.«

»Ausgiebig«, stimmte Mr Hitfield zu und sah Justus von oben herab an. »Und was weiter?«

»Dann will er seine Burg gegen Eintrittsgeld für Besucher öffnen. Er wird in seinem eigenen Kinosaal seine berühmten alten Gruselfilme zeigen. Die Leute sollen auch in der Burg umherspazieren dürfen, und alles soll so bleiben, wie es jetzt ist. Die Touristen werden in Scharen kommen, um an den Filmen ihren Spaß zu haben und sich beim Nebel des Grauens und den anderen Tricks zu gruseln, die Mr Terrill in der Burg eingebaut hat, um die Leute das Fürchten zu lehren. Mr Terrill will auch in den verschiedenen Kostümen seiner großen Rollen auftreten und die zwielichtigen Charaktere darstellen, die er damals spielte. Das wird sicher ein großer Erfolg.«

»Hmm.« Mr Hitfield musterte den untersetzten Jungen. »Ich gehe wohl nicht fehl in der Annahme, junger Mann, dass deine eigene Fantasie an diesem Plan nicht unbeteiligt ist. Aber das nur nebenbei. Ihr drei habt wertvolle Arbeit geleistet, auch wenn ihr kein echtes Spukhaus für mich auftreiben konntet. Ich stehe zu meinem Wort und schreibe zum Bericht über euren Fall die Einleitung, wenn das Manuskript vorliegt.«

»Vielen Dank, Sir«, sagte Justus. »Das wird für die drei Detektive sehr förderlich sein.«

»Vielleicht ist euch dies ein Trost«, sagte Mr Hitfield: »Es bereitete so große Schwierigkeiten, ein echtes Spukhaus zu finden, dass ich diesen Plan wieder aufgegeben habe. Aber erzählt mir etwas über eure Pläne.«

Peter war versucht zu sagen, dass ihre Pläne nun zunächst auf ein wenig Ruhe und Erholung von den zermürbenden Erlebnissen um das Gespensterschloss abzielten. Justus kam ihm zuvor.

»Wir sind Detektive, Mr Hitfield. Wir werden uns sofort nach einem neuen Fall umsehen.«

Der Regisseur musterte ihn scharf. »Ich nehme nicht an, dass ihr wieder an mich herantreten wollt und für euren zweiten Fall, wenn ihr einen gefunden habt, um meine Einführung bittet – oder?«

»Nein, Sir«, sagte Justus mit Würde. »An so etwas dachte ich nicht. Wenn Sie natürlich bereit wären –«

»Nicht so hastig, junger Mann!«, polterte Mr Hitfield, und Justus wurde sehr bescheiden. »Davon habe ich nichts gesagt. Nicht einen Ton!«

»Nein, Sir«, sagte Justus kleinlaut.

Der große Mann sandte ihm einen strengen Blick und fuhr dann fort. »Ich dachte da an etwas anderes. Vielleicht könnten mir eure Dienste als Detektive gelegentlich von Nutzen sein.«

»Jederzeit, Sir!«, meldete sich Peter zu Wort. Sollte einmal ein neuer Fall am Horizont auftauchen, so konnte man immer noch darüber reden. »Unser Leitspruch heißt: Wir übernehmen jeden Fall.«

»Und für Sie selbstverständlich besonders gern, Sir«, fügte Justus hinzu.

Albert Hitfield lächelte. Hinter diesem Lächeln mochten sich bestimmte Gedanken verbergen – doch das konnten die Freunde nur ahnen. »Wenn es dazu kommen sollte«, sagte er, »dann werde ich den Bericht darüber ebenfalls für euch lancieren –«

»Vielen Dank, Sir!«, sagten die Jungen wie aus einem Munde.

»– unter einer Bedingung!«, schloss der Regisseur. »Es muss sich um einen Fall handeln, der einen Bericht wert ist. Wenn sich die Angelegenheit schnell und einfach aufklären lässt, fühle ich mich an meine Zusage nicht gebunden.«

Justus nickte. »Einverstanden. Bitte rufen Sie uns an, wenn Sie uns brauchen.« Er stand auf und wandte sich mit Peter zur Tür. »Das Ergebnis können Sie dann selbst beurteilen, Sir«, sagte er im Hinausgehen.

Ich stelle ganz ohne Einschränkungen und Vorbehalte fest: Ich wäre nicht abgeneigt, mit den drei Detektiven weiter zusammenzuarbeiten. Ihr Debüt war auf jeden Fall druckreif – das Geheimnis des Gespensterschlosses.

Leseprobe

Die drei ???

Im NETZ der LÜGEN

160 Seiten, €/D 11,- Preisänderungen vorbehalten
ISBN 978-3-440-16686-4

Ein Einbrecher, der nichts stiehlt, sondern Gegenstände hinterlässt? In Rocky Beach gehen seltsame Dinge vor sich, wenn das kein Fall für die drei ??? ist!

Was zunächst harmlos erscheint, verfolgt ein Muster und genau dieses versuchen Justus, Peter und Bob zu entschlüsseln. Doch jemand will mit aller Kraft verhindern, dass die Detektive Licht ins Dunkel bringen. Werden die drei Freunde den Fall lösen, bevor es zu einer Katastrophe kommt? Oder werden sie sich im Netz der Lügen verstricken?

Lies doch mal rein!

kosmos.de/die_drei_fragezeichen

Das Messer

Ein Fuß traf Justus in den Bauch. Der Erste Detektiv rang nach Luft. Punkte tanzten vor seinen Augen. Benommen taumelte er zur Seite, entging dadurch jedoch dem nächsten Angriff. Justus konnte kaum etwas erkennen. Sein Gegner war ganz in schwarz gekleidet und bewegte sich mit der Eleganz einer Raubkatze. Ein geschmeidiges Manöver schien geradewegs aus dem Nichts zu kommen. Offenbar beherrschte der Angreifer eine asiatische Kampfsportart – und das ziemlich gut. Justus duckte sich, musste aber einen harten Schlag auf die Schulter einstecken. Er ging auf die Knie. Kampfsport war nicht seine Stärke und der Gegner hatte ihn vollkommen unvorbereitet erwischt. Der Erste Detektiv rollte seitlich ab. Er versuchte, das Hosenbein des Angreifers zu erwischen. Seine Finger streiften ganz kurz den schwarzen Stoff, um dann doch ins Leere zu greifen. Die dunkle Gestalt schnappte sich einen Gegenstand, der am Boden lag, und sprintete in Richtung Straße. Die schmale Silhouette verschwand in der Dunkelheit.

Justus rappelte sich schnaufend auf. Während er in einen schleppenden Trab fiel, rieb er sich mit der rechten Hand die schmerzende Schulter. So würde er den Einbrecher nicht erwischen. Er holte noch einmal tief Luft und zwang sich zu einem Sprint. Keuchend sauste er an den dunklen Schrottbergen vorbei zum Ausgang. Das große Eisentor stand offen. Justus' Atem ging rasselnd. Trotzdem versuchte er, sich auf das Starten eines Motors zu konzentrieren. Aber es blieb still. Irgendwo in der Ferne bellte ein Hund. Justus fühlte sich elend. Seine Magengrube pochte, seine Schulter ebenfalls. Er hatte Seitenstechen. Der Erste Detektiv schleppte sich zur Zentrale zurück. Es kostete ihn einige Kraft, das Regal wieder vom Eingang wegzuschieben. Dann betrat er das Büro der drei ???. Seine Finger fanden den Lichtschalter ohne Mühe. Grell flackerte das Deckenlicht auf.

Das Erste, was Justus sah, war das schaurige Ding auf dem Schreibtisch: Ein Messer steckte mitten in der Tischplatte. Feine rote Tropfen lösten sich von der glänzenden Klinge und fielen hinab auf das Holz. Justus machte einen Schritt in den Raum hinein. Die Karte von Rocky Beach baumelte in Fetzen von der Wand. Der Platz, an dem vor ein paar Stunden noch der Staubwedel und der Becher gelegen hatten, war jetzt leer. Die Akte zum Fall fehlte ebenfalls. Jetzt ahnte Justus, was in dem Beutel gewesen war, den die schwarze Gestalt bei der Flucht aufgehoben hatte. Jemand hatte die Beweisstücke aus der Zentrale gestohlen! Außerdem hatte der Einbrecher die blutige Warnung hinterlassen. Justus ließ sich ächzend auf den

Schreibtischstuhl fallen. Das Messer zog er nicht aus der Tischplatte. Er musste es erst fotografieren und dann auf Fingerabdrücke untersuchen. Danach würde er sich die rote Flüssigkeit vornehmen. Der Erste Detektiv rieb seine Schulter. Zum Glück ebbte der Schmerz langsam ab. Justus konzentrierte sich auf seinen Atem. Er holte tief Luft durch die Nase und ließ sie langsam durch den Mund entweichen. Diese Prozedur wiederholte er, bis er ganz ruhig war. Danach stand er auf. Die Arbeit konnte losgehen.

Er holte sich dünne Plastikhandschuhe und einen Fotoapparat aus dem Labor. Sehr sorgfältig machte er sich ans Werk. Zuerst waren die Tatort-Fotos dran, danach sicherte Justus die rot beschmierte Klinge mit einer Folie, um anschließend den Griff des Messers mit Grafitpulver einzupinseln. Auf diese Weise konnte man Fingerabdrücke sichtbar machen – zumindest, wenn welche vorhanden waren. Der Einbrecher hatte jedoch offenbar Handschuhe getragen und nicht einen einzigen Abdruck hinterlassen. Auch gab es dieses Mal keine Rückstände von Reinigungsmittel.

Justus erhob sich von seinem Stuhl und wechselte den Raum, um die rote Flüssigkeit zu untersuchen. Der Test, den er nun in dem winzigen Labor der drei ??? durchführte, war nicht ganz einfach. Es galt, Hämoglobin nachzuweisen – den Farbstoff der roten Blutkörperchen. Zuerst musste er dafür ein paar Tropfen des vermeintlichen Blutes auf ein dünnes Glasplättchen geben. Dann öffnete Justus das zerbeulte Metallschränkchen, in dem sich die Chemikalien für die Spurensicherung befanden.

Der Erste Detektiv schnappte sich einen kleinen Plastikeimer und entnahm Natriumsalz. Nachdem er es fein gerieben hatte, vermischte er es mit den roten Tropfen. Nun kam der gefährliche Part: Justus musste ätzende Essigsäure einsetzen. Auf keinen Fall durfte die Säure auf seine Haut oder gar in seine Augen gelangen. Justus setzte die große Schutzbrille auf, die zur Grundausrüstung im Labor gehörte. So ruhig wie möglich tropfte er die richtige Menge auf den Glasträger. Doch damit war er noch längst nicht fertig. Jetzt kam der Bunsenbrenner zum Einsatz. Es galt, die Mischung zu erhitzen, dann wieder abkühlen zu lassen und das Ergebnis unter dem Mikroskop zu untersuchen.

Die kleine Uhr über dem Tisch tickte leise vor sich hin, während Justus arbeitete. Der Erste Detektiv gähnte, als er endlich fertig war. Nach einer so intensiven Spurensicherung hatte er sich ein paar Stunden Schlaf redlich verdient.

»In unsere Zentrale wurde jetzt auch eingebrochen?«, rief Peter, als Justus seinen Freunden am Sonntagmorgen von den Erlebnissen der Nacht erzählte.

»Ein blutiges Messer ist aber noch mal ein ganz anderes Kaliber als ein Kaffeebecher«, fand Bob.

»Allerdings!«, bestätigte Peter. »Das ist eine eindeutige Drohung! Wenn wir weiter ermitteln, geht es uns schlecht.«

Bob besah sich die Waffe. Justus hatte sie auf den Tisch gelegt. »Ein teures Stück.«

»Und noch dazu extrem unheimlich«, fand Peter. »Wir sollten das wirklich lieber der Polizei melden. Immerhin klebt da Blut dran.«

»Es ist kein Blut«, sagte Justus. »Das konnte ich schon mithilfe eines Hämoglobintests nachweisen.«

»Es sieht aber sehr, sehr echt aus«, wandte Peter ein.

»Mit etwas Speisestärke und Lebensmittelfarbe bekommt man das auch so hin«, erklärte Bob. »Ich habe das letztes Halloween ausprobiert. Es war super ekelig.«

Justus nickte langsam. »Jemand will uns Angst machen. Die Frage ist, ob es sich dabei um den bisherigen Einbrecher handelt oder um eine andere Person. Derzeit ist die Zentrale eher dürftig getarnt. Wenn man weiß, wonach man suchen muss, kann man den Wohnwagen entdecken. Wir müssen dringend wieder neuen Schrott aufschichten.« Der Erste Detektiv stand auf und deutete auf den zerrissenen Stadtplan. »Fest steht, dass die Einbruchsmethode von den vorherigen Tatorten abweicht. Der Täter ist in der Zentrale viel brutaler vorgegangen – Zerstörungswut statt Reinigungsfimmel. Dazu klingelte nicht ein einziger Wecker und es gab keine Botschaft.«

»Vermutlich, weil der Einbruch bei uns eine eindeutige Aussage hat – ganz im Gegenteil zu den anderen Einbrüchen: Wir sollen aufhören, zu ermitteln.«

»Sollen wir darauf hören?«, fragte Peter.

»Natürlich machen wir weiter«, versicherte Justus in einem Tonfall, der an Tante Mathildas Befehle erinnerte. »Das ist nicht die erste Drohung, die wir im Laufe unserer Detektivkarriere erhalten haben.«

Entdecke die Welt von Justus, Peter und Bob!

Die drei ???

Die drei ??? übernehmen jeden Fall!

In den Büchern erleben die drei ??? spannende Abenteuer und lösen die kniffligsten Fälle. Sei dabei und tauche ein in eine Welt voller mysteriöser Geschichten!

365 Tage mit den Kultdetektiven!

Dieser Abreißkalender macht aus dem Jahr 2022 dein ultimatives „Die drei ???"-Jahr! Tag für Tag Fun Facts, Quizfragen, Rätsel, Zitate ...

Für echte Die drei ???-Experten

Geheimbuch

Die Wahrheit steht auf verschlossenen Seiten!

Die drei ??? müssen einen Geist aufspüren und finden heraus, dass eine wertvolle Krone im Hotel nicht sicher ist ... Wer Stück für Stück die geheimen Seiten öffnet, erfährt die ganze Wahrheit und ist den drei ??? schon einen Schritt voraus, denn hier kommen auch die Gegner der drei ??? zu Wort.

dreifragezeichen.de

Dynamische Bilder, fesselnde Geschichten!

Tränen! Chaos! Weltuntergang! Diese unheilvolle Prophezeiung verkündet die Hexe Daphne de Vol den Teilnehmern des Schlangenrituals. Kurz danach bricht ein Unbekannter in das Haus der Hexe ein. Ein neuer Fall für Justus, Peter und Bob!

GRAPHIC NOVEL

Ein Auftrag. Ein Rätsel. Deine Mission.

Ein verwirrter Professor erhält einen merkwürdigen Brief ... von sich selber! Auf der Suche nach dem Geheimnis stoßen Justus, Peter und Bob immer wieder auf knifflige Rätsel. Nur mit deiner Hilfe können die Detektive die Rätsel knacken und diesen Fall lösen!

Escape-Krimi zum Mitraten

Hörspiele ab 9 Jahren

Hörspieltipp!

Lesen ist super und ein toller Ausflug in deine Fantasie. Aber hast du die drei ??? auch schon als Hörspiel erlebt? Auch hier ist Spannung garantiert!

Erlebe spannende Abenteuer!

Die drei ???

Die drei ??? und das GESPENSTERSCHLOSS

Die drei ??? und die FLÜSTERNDE MUMIE

Die drei ??? und der FLUCH des RUBINS

- ☐ und das Gespensterschloss
- ☐ und die flüsternde Mumie
- ☐ und der Fluch des Rubins
- ☐ Im Auge des Sturms
- ☐ Die Legende der Gaukler
- ☐ und der gestohlene Sieg
- ☐ und die Zeitreisende
- ☐ und der grüne Kobold
- ☐ Höhenangst

- ☐ Das weiße Grab
- ☐ Tauchgang ins Ungewisse
- ☐ Der dunkle Wächter
- ☐ Das rätselhafte Erbe
- ☐ und der Mottenmann
- ☐ Die falschen Detektive
- ☐ Kelch des Schicksals
- ☐ Kreaturen der Nacht
- ☐ und die schweigende Grotte

- ☐ und der weiße Leopard
- ☐ und der Jadekönig
- ☐ Der Fluch der Medusa
- ☐ und die verlorene Zeit
- ☐ und der Geisterbunker
- ☐ Die Schwingen des Unheils
- ☐ Im Netz der Lügen
- ☐ und der Kristallschädel

ab €/D 8,99

kosmos.de/die_drei_fragezeichen

Preisänderung vorbehalten